Diogenes Taschenbuch 24257

de
te
be

YAEL HEDAYA, geboren 1964 in Jerusalem, studierte Philosophie und Anglistik in Jerusalem und Kreatives Schreiben in New York. Sie hat als Drehbuchautorin für die erfolgreiche israelische Fernsehserie *Be Tipul* gearbeitet, die in Amerika als *In Treatment* adaptiert wurde, und schreibt für verschiedene israelische Zeitschriften. Yael Hedaya wohnt in der Nähe von Tel Aviv.

Yael Hedaya

Alles bestens

ROMAN

Aus dem Hebräischen von
Ruth Melcer

Diogenes

Das Original erschien 1997 unter dem Titel
›Mis'chak ha'oscher‹ im Band *Schloscha sippurej ahawa*
bei Am Oved Publishers Ltd., Tel Aviv

Die deutsche Erstausgabe
erschien 2013 im Diogenes Verlag
Covermotiv: Graphik von
Geoff McFetridge, ›Put on‹, 2008

Foto: Champion Graphics, Los Angeles

Für meinen Vater

Veröffentlicht als Diogenes Taschenbuch, 2017

www.diogenes.ch
30/17/852/1
ISBN 978 3 257 24257 7

1

Kurz nachdem er gegangen war, geschah etwas Merkwürdiges: Hunderte schwarzer Vögel flogen aus dem Nirgendwo herbei, stürzten sich auf die alte Palme vor meinem Haus und vertilgten die Datteln, die in Büscheln herabhingen – die Datteln, von denen er gesagt hatte, man müsse sie herunterholen, weil das dem Baum nicht guttue, sie würden ihn belasten, ihn erdrücken und langsam, aber sicher umbringen.

Wir standen, an die steinerne Brüstung gelehnt, auf dem Balkon und beobachteten die Passanten. Wir beobachteten die Autos, die in die Straße einbogen und dann hinter der Kurve verschwanden, wir betrachteten das gegenüberliegende Gebäude mit den offenen Fenstern und den Balkonen, und wir betrachteten die Palme. Wir sahen uns alles an, was es anzusehen gab, um nur ja nicht einander anzusehen.

Wir hatten soeben aufgehört zu streiten. Unser erster Streit. Ich hatte ihn begonnen und ihn vorwiegend allein ausgefochten. Nathan hatte geschwiegen und nur etwas gemurmelt, wenn ich etwas sagte, was seiner Ansicht nach nicht ganz stimmte oder besonders beleidigend war. Aber es war mehr ein Vor-sich-hin-Brummeln als ein Murmeln, etwas Undeutliches, das er zum

Fußboden hin sagte, den Mund voller Speichelbläschen und stiller Tatsachen.

Ich hätte nie gedacht, dass so etwas in mir steckte, eine anklagende und hysterische Frau, die die Hände in die Hüften stemmt, wenn sie sich in Vorwürfen ergeht, aber als ich vor Nathan gestanden hatte, der auf dem Sofa hockte und die Steinplatten anbrummelte, waren meine Hände plötzlich auf meinen Hüften gelandet und wie Saugnäpfe haften geblieben. Es war, als wären mir kleine Flügel gewachsen, die es mir ermöglichten, abzuheben und mit dem Streit an einen anderen, einen höheren und kultivierteren Ort zu gelangen. Zumindest hatte es sich so angefühlt, als ich, die Hände in die Hüften gestemmt, mitten im Raum gestanden und versucht hatte, unsere Beziehung zu retten.

Jetzt standen wir auf dem Balkon und schauten hinunter auf die Straße. Ich fragte, ob ich eine Wassermelone aufschneiden solle, und Nathan nickte. Also ging ich in die Küche und holte die Wassermelone aus dem Kühlschrank. Ich halbierte sie, schnitt eine der Hälften in große Würfel, richtete diese auf einem Teller an und steckte in die obersten beiden Würfel je eine Gabel. Diesmal hatte ich eine süße Wassermelone erwischt, was ich als gutes Zeichen wertete. Ich wusste nicht so recht, wie man sich nach einem Streit fühlen sollte; für uns war es der erste gewesen und zugleich auch der letzte. Ich stellte den Teller zwischen uns auf die Brüstung, und wir aßen schweigend, den Blick auf die Straße gerichtet, bis Nathan meine Aufmerksamkeit auf die überfrachtete Palme lenkte.

Mit der Gabel auf den Baum deutend, sagte er, den Mund voller Saft: »Wird langsam Zeit, diese Datteln runterzuholen.«

Ich fragte, weshalb, und er erklärte, sie würden den Baum belasten.

Ich wollte nicht über den Baum reden. Ich wollte über unsere Beziehung reden. Aber alles, was ich zu sagen hatte, hatte ich bereits gesagt, und da stand ich nun auf dem Balkon, aß Wassermelone, führte eine höfliche Unterhaltung über den armen Baum und wusste, es war aussichtslos.

»Wenn man die Datteln nicht runterholt, geht der Baum ein«, sagte Nathan.

»Und was jetzt?«, fragte ich, und er antwortete: »Nichts. Es ist aussichtslos.«

Der Teller war inzwischen leergegessen, und ich brachte ihn in die Küche. Ich stellte ihn in die Spüle und drehte den Wasserhahn auf; während das Wasser lief, versuchte ich fieberhaft, mir etwas auszudenken, vielleicht fiel mir ja doch noch etwas ein. Als ich wieder auf den Balkon hinaustrat, hatte Nathan der Straße bereits den Rücken zugekehrt. Er zerbröselte vertrocknete Geranienblätter, die er aus einem der Blumenkästen abgezupft hatte.

Ich fragte, ob ich noch mehr Wassermelone aufschneiden solle. Er lehnte ab. Ich wusste, dass dies unsere letzten gemeinsamen Minuten waren, und wollte Zeit gewinnen. Das sei ein Problem, sagte ich, es sei noch recht viel übrig, noch eine ganze Hälfte, doch er gab zurück, er habe sowieso schon zu viel gegessen, er denke, er werde jetzt gehen. Ich fragte, ob es das gewesen sei. Er sagte: »Ja.« Und einen Moment später: »Also, ich geh' dann mal.« Und ich: »Ja.« Daraufhin warf er eine Handvoll zerbröselter Geranienblätter auf die Straße, rieb die Handflächen aneinander und verkündete: »Ich gehe.« Ich dachte: Das Letzte, was wir zusammen gemacht haben, war, Wassermelone zu essen.

An der Tür sagte er, es tue ihm leid.

»Tut mir leid, dass es so sein muss«, meinte er, und ich erklärte, er lasse mir keine andere Wahl. Er legte mir eine Hand auf die Schulter und sagte, er verstehe nicht, weshalb, und ich sagte: »Es geht nicht anders.« Er wiederholte noch einmal, dass er es bedaure, nahm die Hand von meiner Schulter, fuhr mit den Fingern über meinen Arm und sah mich traurig an. Ich schloss die Tür hinter ihm, und als ich den Schlüssel im Schloss umdrehte, hörte ich seine schweren Schritte auf der Treppe und kurz darauf die Eingangstür, die ins Schloss fiel. Als ich in die Küche ging, lag da noch immer die halbe Wassermelone auf der Arbeitsplatte. Ich wickelte sie in eine Plastiktüte und legte sie in den Kühlschrank, und ich wusste: In ein paar Tagen würde ich sie herausnehmen und mitsamt der Tüte in den Mülleimer werfen.

Dann trat ich wieder hinaus auf den Balkon. Ich lehnte mich an die Brüstung und schaute hinunter auf die Straße, die völlig anders aussah als vor ein paar Minuten, obwohl sich nichts geändert hatte. Ich beobachtete die Autos, die in die Straße einbogen und hinter der Kurve verschwanden, dann betrachtete ich das gegenüberliegende Gebäude mit den offenen Fenstern und Balkonen und anschließend noch einmal die Palme – und da kamen die Vögel. Sie verdunkelten den Himmel, ließen sich aufgeregt kreischend auf Antennen und Baumwipfeln nieder und sandten einander Befehle, und dann scharten sie sich in schwarzen Massen auf der Palme und hackten und hieben auf die Datteln ein, bis sie sie vertilgt hatten.

Urplötzlich verschwanden sie wieder, aber man konnte unmöglich wissen, ob die Palme nun erleichtert war. Die trockenen gelben Wedel hoben sich nicht vor Dankbarkeit über die Befreiung, und der gebogene Stamm wurde nicht wieder gerade, nachdem die Vögel den Baum, hysterisch mit den Flügel schlagend, massenvergewaltigt hatten. Ich dachte: Schade, dass Nathan das nicht miterlebt hat. Zu schade, dass er das Ganze hier so knapp verpasst hat. Ich ging wieder hinein, schloss die Balkontür, die Fenster und die Rollläden und sagte mir: Es ist vorbei. Ich habe einen Schnitt gemacht. Jetzt fängt das Leben von vorn an. Dann warf ich mich aufs Sofa und schluchzte los. Das Telefon klingelte, aber ich nahm nicht ab. Ich zählte vier Klingeltöne, dann sprang der Anrufbeantworter an. Meine Eltern luden mich für Samstag zum Mittagessen ein.

2

Nathan hatte ich im Jahr zuvor auf einer Purim-Party kennengelernt. Seine Kopfbedeckung wies ihn als Narren aus. Kein bunter Kartonkegel aus dem Spielzeugladen, sondern eine richtige Narrenkappe aus buntem Stoff, mit Hörnern und silbernen Glöckchen daran. Irgendwie rührend und kindisch zugleich.

Purim hin oder her, ich hatte mich nicht verkleidet, weil mir nichts einfiel, was ich an dem Abend wirklich hätte sein wollen – außer glücklicher. Ich war dreißig und wollte verliebt sein, ich wollte Selbstvertrauen besitzen und innere Ruhe. Für mich bestand die perfekte Kostümierung für eine Frau, die all diese Dinge in sich vereinigte, darin, so zu gehen, wie sie war. In gewisser Weise hatte ich mich also durchaus verkleidet.

Mein letztes Kostüm war ein Fiasko gewesen. Damals war ich fünf Jahre alt und als Königin Esther verkleidet. Es gab Gestalten, die mir besser gefielen als die Königin Esther; sie kam mir immer ein wenig zu biblisch und zu langweilig vor. Gleichzeitig wollte ich aber auch wie all die anderen Mädchen sein.

Das Kleid war nicht schlecht – Schichten aus raschelndem weißem Taft über einer weißen Wollstrumpfhose –, aber ich hatte ein Problem mit den königlichen Schuhen. Ich wollte gläserne Pantoffeln, doch meine Mutter, die es wie ein erfahrener Verkehrspolizist verstand, meine Phantasie auf Spuren umzuleiten, die an jenem Morgen frei waren, erklärte mir, dass ich wohl etwas verwechselt hätte. Die gläsernen Pantoffeln stammten aus dem Märchen von Aschenputtel, sagte sie. Die Königin Esther habe ganz gewöhnliche Königinnenschuhe getragen. Ich fragte: »Wieso können wir nicht eine

Limoflasche in zwei Hälften schneiden, und dann gehe ich damit zum Kindergarten?« Sie antwortete: »Weil es gefährlich wäre und außerdem unmöglich.« Ich sagte: »Aber ich wäre dann bestimmt die Einzige mit solchen Schuhen.« Sie erklärte: »Wenn du die Einzige wärest, brauchst du das erst recht nicht. Du brauchst etwas, das alle haben.« Ich schmollte: »Aber dann bin ich nicht die Schönste.« Daraufhin sie: »Die Königin Esther war nicht schön. Aschenputtel war schön.« Und auf mein schlechtes Gedächtnis bauend, versprach sie: »Nächstes Jahr darfst du dich als Aschenputtel verkleiden.«

Was sie gesagt hatte, klang einleuchtend, und weil ich auf gar keinen Fall meine Märchen durcheinanderbringen wollte, zog ich voller Stolz die Sandalen an, deren Riemchen meine Mutter mit Alufolie umwickelt hatte. An jenem Morgen regnete es in Strömen – eine der üblichen Katastrophen, die Kinder an Purim heimsuchen. Meine Mutter führte mich an der Hand zum Kindergarten, und als sie mir gerade gut zuredete – es würde bestimmt ganz toll werden, ich sei doch noch viel zu jung, um so tieftraurig zu sein, sagte sie ungehalten wie mein Vater –, trat ich in eine Pfütze, und das Silber löste sich von meiner linken Sandale. In meinem Fotoalbum habe ich eine Schwarzweißaufnahme, auf der ich mit gelüpftem Saum posiere; die eine Sandale ist königlich und die andere nicht, und entsprechend steht nur ein halbes Lächeln in meinem Gesicht.

Letztes Purim hatte es nicht geregnet. Es war eine kalte und helle Nacht gewesen, und ich war mit dem Auto zur Party gefahren. Ich trug einen schwarzen Pullover, Jeans und Stiefel. Mir gefiel das selbstsichere Aufschlagen der Absätze.

Ich betrat die laute Wohnung und suchte meine Freundin, die mit den Gastgebern bekannt war; wir hatten vereinbart, uns dort zu treffen. Sie hatte angekündigt, sie wolle sich als Fee verkleiden. Feen sah ich einige, aber meine Freundin war nicht dabei. Ich begab mich in die Küche und warf einen Blick auf die Bierflaschen, die schwitzend in Reih und Glied auf der Arbeitsplatte standen. Trotz der Musik, die im Wohnzimmer spielte, drang hin und wieder sanftes Glockengebimmel an mein Ohr. Ich nahm mir eine Flasche und sah mich nach einem Öffner um. Der baumelte, an einem rosa Geschenkband und mit phosphoreszierenden Sternen und Mondsicheln beklebt, vom Griff der Kühlschranktür. Irgendjemand hatte auch ihm ein Kostüm verpasst.

In der Küche drängten sich zwei Feen, ein Superman, eine Königin Esther und ein großer Glatzkopf mit Katzenmaske. Ich beschloss, nach Hause zu gehen, falls meine Feenfreundin nicht in einer Viertelstunde da wäre. Ich verabscheute Partys. Sie verstärkten in mir all die Gefühle, die Partys angeblich vertreiben sollen. Ich wollte gerade das restliche Bier in die Spüle kippen, da hörte ich den Klang der Glöckchen. Der Narr kam in die Küche und suchte einen Flaschenöffner.

Er war sehr groß und unbeholfen und hatte blaue

Augen, und bei jeder Kopfbewegung ertönte ein sanftes Bimmeln. Er öffnete sein Bier, lehnte sich neben mich an die Arbeitsplatte und trank, gelangweilt in das dunkle Wohnzimmer starrend, in großen Schlucken. Ich musterte die Narrenkappe mit den leise klingenden Glöckchen und den Hörnern, die sich über die Stirn bis zu den Augen hinab bogen. Die Kappe wirkte wie angewachsen, als hätte der Narr sie vor Jahren aufgesetzt und dann vergessen, sie wieder abzunehmen.

Plötzlich wurde die laute Musik von einem Kinderlied abgelöst. Die Gastgeber hatten *Der süße kleine Clown ist lustig anzuschau'n* aufgelegt, und die Tänzer sprangen auf die schlichte Melodie an, hüpften und gestikulierten entsprechend dem simplen Liedtext und legten jedes Mal fragend den Kopf schief, wenn das ›Vielleicht‹ aus dem Refrain ertönte: »Vielleicht – vielleicht – vielleicht tanzt du mit mir?«

»Tanzt du mit mir?«, fragte der Narr.

Ich nickte, stellte mein Bier auf die Arbeitsplatte und folgte ihm ins Wohnzimmer, zu einer kleinen Lichtung, die er in der Menge fand. Es fiel mir schwer, die kindlichen Bewegungen vor einem Fremden auszuführen, aber der Narr hüpfte und hampelte mit einer Natürlichkeit vor mir herum, die beinahe satirisch war. Er drehte seine Handflächen in Schraubbewegungen hin und her, legte den Kopf von einer Seite zur anderen und zuckte mit jedem ›Vielleicht‹ trotzig mit den Schultern. Die anderen Tänzer beobachteten uns – den hüpfenden, schulterzuckenden und klingelnden Narren und mich, die ich mit einem halben Lächeln im Gesicht mehr oder weniger auf der Stelle trat. Dass er tanzte wie ein kleiner Junge, war nicht etwa Show. So tanzte er einfach.

Ich fühlte mich sofort zu ihm hingezogen, vom ersten Moment an. Sogar noch bevor ich ihn gesehen hatte: erst vom Gebimmel der Glöckchen und dann von dem Lied und dem Tanz, das mich um fünfundzwanzig Jahre zurückversetzte, zu dem verregneten Purim meiner Kindheit, der Geruchsmischung aus Schlamm, feuchten Hammantaschen und Pipi in einem großen Raum voller Kinder, begleitet von den Klängen desselben Lieds und vom Nachhall einer großen Enttäuschung.

»Sie hat den ganzen Tag geweint«, hatte die Kindergärtnerin damals meiner Mutter erzählt, als sie mich am Mittag abholen kam. »Ich war völlig ratlos, Frau Lieberman. Sie hat die Sandalen ausgezogen und sich in die Ecke gehockt. Ich habe sie gebeten, mehrfach, sie wieder anzuziehen und mitzutanzen, aber sie hat immer nur mit den Schultern gezuckt. Auf Strümpfen habe ich sie natürlich nicht herumlaufen lassen. Es ist kalt heute, Frau Lieberman, was hätte ich tun sollen?«

Jetzt war das Lied zu Ende, und wir standen uns einen Moment lang unschlüssig gegenüber. Der Narr wirkte verraten und verkauft, und auch die Kappe sah plötzlich aus wie verblüht. Ohne ein Wort zu sagen, kehrte er mir den Rücken und stapfte mit schweren Schritten zurück in die Küche. Ich hinterdrein.

Abermals lehnten wir uns an die Arbeitsplatte. Er stellte sich vor: »Nathan.« Ich sagte: »Maja.« Er fand, das sei ein schöner Name.

»Nathan auch«, meinte ich.

»Ja?«, gab er zurück. »Ich mag meinen Namen überhaupt nicht.«

Als ich nachfragte, wieso, zuckte er nur mit den Schultern. Ich hielt noch immer Ausschau nach meiner Feenfreundin, aber es war mir inzwischen egal, dass sie nicht gekommen war. Dafür gesellten sich eine weitere Königin Esther und eine Tigerin mit langem, wippendem Schwanz und rotem Haar zu uns, das wunderbar zur Farbe ihres Streifenkostüms passte. Die beiden umarmten Nathan, er machte mit dem verkleideten Öffner zwei Bierflaschen für sie auf und ging dann mit ihnen tanzen. Zu mir sagte er weder »Entschuldige mich« noch »Bin gleich wieder da« noch »Bis dann«.

Ich beobachtete ihn beim Tanzen mit der Tigerin und der Königin Esther und fand, es sei Zeit zu gehen. Ich dachte an mein Bett und die darüber verstreuten Wochenendzeitungen. Ich dachte an meine Wohnung, an das Bad mit den feuchten Handtüchern und an den Geruch von Moder, der sich im Winter ausbreitete, wenn das Fenster geschlossen blieb. Ich dachte an meine Zahnbürste, die langsam mal wieder ersetzt werden sollte, und an den Spiegel über dem Waschbecken, der schon ganz trüb war von Zahnpasta und Seifenspritzern. Ich dachte an den Weg vom Bad ins Schlafzimmer, daran, wie ich mich strumpfsockig an der Wand entlangtastete und die Lichter löschte – das Licht auf der Toilette, das Licht im Bad, das Neonlicht in der Küche und schließlich das Licht im Flur, bis nur noch ein einziges Licht anblieb: die Leselampe neben dem Bett, die ihren gelben Lichtkegel auf mein Kissen warf.

Ich verließ die Party, ging hinunter zur Straße und stieg in meinen Wagen. Während der Motor warm lief, schaltete ich die Lüftung ein, um die beschlagene Windschutzscheibe zu trocknen. Beim Ausparken warf ich einen Blick in den Rückspiegel und sah Nathan aus dem Gebäude kommen. Ich wartete ab, ob die schwerfällige Gestalt im Parka in einen Wagen einsteigen würde, doch der Narr ging an meinem und auch an den anderen parkenden Fahrzeugen vorbei und stapfte mit großen Schritten weiter in Richtung Hauptstraße. Dort blieb er, die Kappe auf dem Kopf und die Hände in den Taschen, einen Moment lang stehen – direkt im Lichtkegel meiner Scheinwerfer. Ich hupte kurz, ein krächzender Ton, und er wandte sich überrascht um. Und dann hörte ich – durch die geschlossenen Fenster und das Motorenbrummen hindurch und trotz meines Herzens, das erwartungsfroh und zugleich tadelnd pochte – die Glöckchen näher kommen.

Nathan trat an meinen Wagen, beugte sich vor und spähte ins Innere, um nachzusehen, wer ihn angehupt hatte. Ich kurbelte das Fenster herunter und fragte, ob er kein Auto habe.

»Nein«, antwortete er.

»Wo willst du hier ein Taxi herkriegen?«

»Weiß nicht«, erwiderte er.

»Soll ich dich mitnehmen?«, fragte ich.

Es war das erste Mal in meinem Leben, dass ich einem fremden Mann eine Mitfahrgelegenheit anbot, aber ich dachte, einer, der als Narr verkleidet war, konnte nicht gefährlich sein. Er stapfte wortlos hinüber zur Beifahrertür, öffnete sie und zwängte sich auf den Sitz. Seine Kappe drückte gegen den Wagenhimmel, er nahm sie ab und hielt sie zusammengeknüllt in den Händen. Ich sah, dass sein Haar sich lichtete, und als hätte auch er dies zum ersten Mal bemerkt, strich er sich entschuldigend über den Kopf.

Mein Auto war zu klein für ihn. Mit angewinkelten, schräggestellten Beinen – ein Knie berührte die Tür, das andere drückte gegen das Handschuhfach – lehnte er sich in seinem Sitz, den er bis zum Anschlag nach hinten geschoben hatte, so weit wie möglich zurück und musste dennoch den Kopf einziehen. Er murmelte seine Adresse, und den ganzen Weg dorthin wechselten wir kein Wort. Er muffelte nach nassem Pelz und moderigen Blättern, und dieser Geruch erfüllte das Wageninnere, das normalerweise nach Kunstleder und Plastik roch, vermischt mit einem grässlichen Duft, der sich ›Dschungel‹ nannte und von einem Bäumchen abgegeben wurde, das am Rückspiegel baumelte. Ich hatte es an einer Tankstelle geschenkt bekommen, und obwohl ich den beißend synthetischen Geruch nicht ausstehen konnte, war ich zu faul, das Bäumchen abzunehmen, und wartete darauf, dass der Duft von allein nachlassen würde. Jetzt wurde der Wagen von einem anderen Geruch erfüllt – vielleicht war das der Duft, den der Luftverbesserer zu imitieren versuchte.

Ich beobachtete Nathan aus dem Augenwinkel. Er starrte durch das Seitenfenster nach draußen. Die großen Hände ruhten auf der zerknüllten Mütze, und ich sah, dass er Schmutz unter den Fingernägeln hatte, etwas

Rötlichbraunes, vielleicht Erde. Sein Anblick war irgendwie rührend, so unbeholfen und phlegmatisch und zugleich abweisend-gleichgültig, und dazu dieser Geruch und die Haarbüschel in seinem Nacken. Mit derselben kindlich-unbewussten Art, wie er getanzt hatte, starrte er nach draußen, musterte die leeren Straßen, die Häuser, die Bushaltestellen und die Reklamewände und knetete dabei geistesabwesend und schwer atmend seine Kappe. Ich fuhr bewusst langsam und vorsichtig, wie eine Försterin, die einen verirrten Bären zurück zu seiner Höhle bringt.

3

Einen Monat bevor ich Nathan kennenlernte, hatten meine Eltern sich scheiden lassen. Aufgrund ihres Alters – mein Vater war siebzig, meine Mutter siebenundsechzig – waren sie auf Hilfe angewiesen. Meine Schwester Talli, drei Jahre jünger als ich, war in Florida verheiratet und hatte ein sechs Monate altes Baby. Als ich ihr am Telefon erzählte, dass unsere Eltern sich scheiden lassen wollten, sagte sie: »Aber ich bin schwanger!« Bald darauf war sie tatsächlich schwanger, vielleicht um klarzustellen, dass sie uns mit der Scheidung nicht helfen konnte – ihre eigene Familie ging vor. Einige Monate später hatte sie dann einen Jungen und ein Mädchen, und ihre Fotos hingen bei jedem von uns an der Kühlschranktür – zwei strahlende amerikanische Kinder an insgesamt drei Kühlschränken.

Meine Eltern waren nicht gesund, und ich fragte mich, woher sie den Mut hatten – oder die Naivität –, sich zu trennen, da das bevorstehende Jahrzehnt aller Voraussicht nach schwierig und mit Krankheiten gepflastert sein würde, und womöglich ihr letztes. Ob sie keine Angst vor dem Alleinsein habe, fragte ich meine Mutter, davor, dass niemand da wäre, der sie unterstützte, wenn sie etwas brauchte, ein Glas Tee mitten in der Nacht, oder wenn sie in der Badewanne ausrutschte, und sie antwortete: »Nein, absolut nicht.«

»Wieso sollte ich Angst haben? Ich bin doch selbständig«, erklärte sie. »Und ich habe dich!«

Ende des vergangenen Sommers hatten wir an einem brütend heißen Samstag in der Küche gesessen, und meine Mutter hatte mich nach einem Anwalt gefragt.

»Maja, kennst du zufällig einen guten Anwalt?«

Mein Vater stand gerade am Herd und briet sich ein Omelett. Seit sie sich zur Scheidung entschlossen hatte – das war nun einige Wochen her –, bekochte meine Mutter ihn nicht mehr. Eine uralte Protestaktion aus einem Film, den sie einmal im Fernsehen gesehen hatte. Jetzt musste jeder seine Eier selbst braten, und zwar immer schön der Reihe nach.

Sie erbot sich, mir Frühstück zu machen, aber ich sagte, ich sei nicht hungrig. Sie sollte nicht aufstehen, ein Ei für mich aus dem Kühlschrank nehmen und dann, eine Hand in die Hüfte gestemmt, in der anderen Hand das Ei, neben dem Herd darauf warten, dass mein Vater endlich die Pfanne freigab. Ich fand die Regelung mit den Privat-Omeletts ziemlich überflüssig. Nachdem ich erklärt hatte, dass ich nichts essen wollte, kam sie mit ihrer Frage wegen des Anwalts, und ich sah, dass sich die Schultern meines Vaters strafften. Er spitzte die Ohren, und der Pfannenwender flog hoch und vibrierte in seiner Hand.

»Wozu brauchst du einen Anwalt?«, fragte ich zurück.

»Was weiß ich?«, erwiderte sie. »Wenn man sich scheiden lässt, braucht man einen Anwalt. Nicht wahr, Jack?«

Mein Vater ließ sein Omelett in der Pfanne springen, um das Beben zu tarnen, das inzwischen seinen gesamten Körper erfasst hatte. Zitternd stand er am Herd und briet sein Omelett; mit uns sprachen nur seine Schultern, und der Wender zerkratzte den Pfannenboden. Wenn er wütend war, fing er an zu beben, und manchmal bebte er auch vor Freude, aber vor Freude hatte ich ihn schon lange nicht mehr beben sehen. Nicht einmal, als meine Schwester eines Samstags vor eineinhalb Jahren aus Florida angerufen und ihm eröffnet hatte: »Herzlichen Glückwunsch, Papa, du bist jetzt Großvater.« Und auch als sie vor einer Woche anrief, um zu erzählen, dass wieder ein Kind unterwegs sei und sie diesmal auf ein Mädchen hofften – »der Ausgewogenheit halber« –, schien er nicht sonderlich erfreut.

»Also, Papa, was ist los bei euch?«, hatte die Stimme meiner Schwester in der transatlantischen Leitung gehallt. »Ihr wollt euch scheiden lassen? Was ist plötzlich in euch gefahren? Seid ihr verrückt geworden?«

»Mal sehen«, hatte mein Vater erwidert. »Mal sehen. Hauptsache, du passt jetzt gut auf dich auf.«

Dann hatte meine Mutter ihm den Hörer aus der

Hand gerissen und Talli gefragt, wie es mit der Übelkeit stehe. Als sie mit dem ersten Kind schwanger gewesen war, hatte Talli neun Monate lang nicht aufgehört zu reihern. Aber Talli war von Geburt an ein Kotzkübel gewesen, so dass man bei ihr nie wissen konnte, woran es jeweils wirklich lag.

Als wir Kinder waren, mussten wir immer und überall Spucktüten dabeihaben. Meine Mutter nahm die Kotzerei gelassen, ja sogar zärtlich hin – Talli selbst war ein kleines Mädchen mit einem großen Hang zur Selbstkasteiung –, aber mein Vater konnte es nur schlecht ertragen, mit anzusehen, wie sie litt. Er legte ihr dann immer eine Hand auf die Stirn, und wenn sie sich übergab, fing er an zu beben. Wenn Talli auf einer Autofahrt anfing zu jammern: »Papa, halt an!«, trat er auf die Bremse, sprang aus dem Auto, riss die hintere Wagentür auf und zerrte Talli an der Hand in eine Ecke oder auf eine Verkehrsinsel. Sobald es ihr besserging, kamen sie zurück zum Wagen, und Talli setzte sich mit selbstgefälliger Leidensmiene neben mich auf den Rücksitz, während ich mich vorlehnte, um die Füße meines Vaters zu beobachten, die über die Pedale tanzten. Talli schmiegte sich dann immer an mich und beobachtete ebenfalls die tanzenden Füße meines Vaters. Sie musste immer kichern, und dann roch es nach gesundem Humor und nach Kotze; ich dagegen war unruhig. Ich hatte Angst, dass mein Vater die Kontrolle verlieren könnte und uns alle in den Tod fahren würde.

Jetzt saß ich in der Küche und beobachtete meinen Vater, der bebend am Herd stand und sein Omelett in Stücke riss.

»Ich denke nicht, dass ihr einen Anwalt braucht«, sagte ich. »Talli und ich, wir sind schon volljährig, eure Wohnung ist nicht viel wert, ihr habt weder ein Auto noch andere Wertgegenstände, über die ihr euch streiten müsstet – wozu also braucht ihr einen Anwalt?«

Meine Mutter drückte die Zigarette in ihrem geliebten runden Blechaschenbecher aus und seufzte. Sie wirkte enttäuscht, dass sie keinen Anwalt brauchte, enttäuscht, dass sich ihre Scheidung – ebenso wie ihre Heirat und Ehe – nicht sonderlich dramatisch gestaltete. Mein Vater ließ das zerfetzte Omelett auf einen Teller gleiten und setzte sich meiner Mutter gegenüber an den Tisch, um zu essen. Ihre Zigarette qualmte in gekräuselten Rauchschwaden aus der Tiefe des Aschenbechers weiter vor sich hin, das hatten sie so an sich, ihre Zigaretten: Nie gingen sie ganz aus, vor allem nicht, wenn mein Vater ihr gegenübersaß und wie ein alter Indianerhäuptling geheime Botschaften aus den Rauchschwaden herauslas.

»Ständig diese Zigaretten«, meckerte er vor sich hin, während ihm etwas Öl übers Kinn lief. »Stän-dig und ü-ber-all!«

»Da siehst du's!«, rief meine Mutter und zeigte mit dem Finger auf meinen über den Teller gebeugten Vater. »Dafür brauche ich einen Anwalt! Damit er mich nicht dauernd nervt!«

»Nein, dafür lässt du dich scheiden«, erklärte ich.

»Wenn ihr erst geschieden seid, wird er dich nicht mehr nerven wegen der Zigaretten. Du brauchst keinen Anwalt, damit Papa dich nicht mehr nervt wegen der Zigaretten.«

Meine Mutter schien die tiefere Bedeutung ihrer Scheidung nicht erfasst zu haben. Sie dachte offenbar, Scheidung sei eine Heilungsphase für ihre Ehe – eine Übergangsphase von einem eher farblosen zu einem spannenden Eheleben. Sie zog nicht in Betracht, dass sie sich von meinem Vater würde trennen müssen. Sie nahm an, dass er weiterhin da sein würde, auch nachdem er ihr den ›Scheidebrief‹ ausgehändigt hätte, und dass der Scheidebrief, eingerahmt wie ein Diplom, in der kleinen Küche hängen würde, in der auch mein Vater stünde und missmutig und bebend seine Omeletts briete, oder vielleicht gedachte sie, ihn wieder zu bekochen, wenn sie dann geschieden wären und es für Protest keinen Anlass mehr gäbe.

»Und was machen wir jetzt?«, fragte sie bedrückt und heftete den Blick auf meinen Vater, der ihr gegenübersaß und appetitlos sein Omelett in sich hineinstopfte. »Wie lässt man sich ohne Anwalt scheiden?«

»Man geht zum Rabbinat«, antwortete ich.

»Zum Rabbinat? Wo ist das, das Rabbinat? Ich weiß überhaupt nicht, wo das ist.«

»Da, wo ihr geheiratet habt«, erklärte ich.

»Bestimmt ist es nicht mehr da, wo es früher war«, meinte sie. »Ist es nicht umgezogen?«

»Das glaube ich kaum«, gab ich zurück.

»Kannst du dich für uns erkundigen?«, fragte sie.

Sie zog die nächste Zigarette aus ihrer Schachtel, doch sie hielt sie nur zwischen den Fingern und zündete sie nicht an, als sie bemerkte, dass mein Vater sie mit seinen grauen Augen über den Tellerrand hinweg anblickte. Vielleicht unterließ sie es aber auch, weil der Blick diesmal nicht zu flehen schien, dass sie das Rauchen lassen solle, solange mein Vater am Essen war. Sein jetziger Blick besagte, dass er die Hoffnung aufgegeben hatte, sein Essen – und auch alles andere – jemals wieder genießen zu können, und dass er im Gegensatz zu ihr noch ganz genau wusste, wo sich das Rabbinat befand.

»Jack«, sagte sie leise, »wisch dir das Kinn ab.«

»Ich werde mich für euch erkundigen«, erklärte ich.

»Und vergiss nicht zu fragen, wie die Öffnungszeiten sind und was man mitbringen muss, vielleicht wollen die ja Fotos. Und was es kostet. Und ob wir Zeugen brauchen – zum Heiraten hatten wir auch Zeugen, stimmt's, Jack? Erinnerst du dich? Hoffentlich wird das nicht so ein Riesenaufwand. Und erkundige dich, ob du als Zeugin für uns auftreten kannst.«

»Kann sie nicht«, sagte mein Vater.

»Wieso nicht? Wieso kann Maja nicht als Zeugin für uns auftreten? Weil sie unsere Tochter ist? Sie kennt uns doch am besten. Ihre Aussage ist die Wahrheit. Es gibt niemanden, der so gut aussagen könnte wie Maja.«

»Aber sie ist eine Frau«, erklärte mein Vater und stand auf, um seinen Teller in die Spüle zu stellen. »In religiösen Angelegenheiten sind Frauen als Zeugen nicht zulässig.«

»Ach so«, sagte meine Mutter und zündete ihre Zigarette an. »Daran habe ich nicht gedacht.«

Meine Mutter hatte hohen Blutdruck und fünfzehn Kilo Übergewicht, aber sie war, so wurde uns gesagt, eine ausgeglichene und optimistische Persönlichkeit, was allein schon für eine gewisse Gesundheit spreche, und Talli sagte immer: »Um Mama mache ich mir keine Sorgen.« Das brauchte sie auch nicht, da sich meine Mutter meist um Talli Sorgen machte. Ich fand meine Mutter in allem, was meine Schwester anbelangte, überraschend reif. Die beiden waren einander sehr ähnlich, obwohl Talli den schmalen Körperbau und den kleinen, beinahe zwergenhaften Wuchs meines Vaters geerbt hatte. Bis meine Mutter ergraute, hatten sie das gleiche gewellte hellbraune Haar und die gleichen runden braunen Augen. Es hatte Zeiten gegeben, in denen sie die gleichen Klamotten trugen, zusammen im Einkaufszentrum shoppen gingen, im Café saßen und rauchten und Talli sich in allem, was Jungs anbelangte, mit meiner Mutter beriet. Obwohl – viel zu beraten hatte es da nicht gegeben, weil sie ihren ersten Freund dann auch gleich heiratete.

Meine Mutter hatte es schade gefunden, dass Talli mit ihrem Mann nach Florida zog, weil sie damit ihre beste Freundin verlor. Sie hatte mir leidgetan, und ich gab mir alle Mühe, die Lücke zu füllen, die Talli hinterlassen hatte, aber es funktionierte nicht. Meine Mutter verzog jedes Mal das Gesicht, wenn wir vor einem Schaufenster im Einkaufszentrum standen und ich ihr etwas zeigte, sie stampfte mit dem Fuß auf, wenn sie erschöpft war, oder protestierte, wenn ich vorschlug, eine Pause einzulegen und in ein Café zu gehen, und wenn es mir doch gelang, sie zu überreden, konnte sie sich ewig nicht entscheiden, welchen Kuchen sie bestellen sollte; dann wanderte sie vor der Vitrine auf und ab, bis ich mich genötigt fühlte, für sie zu bestellen, nur um sie von ihren Qualen zu erlösen. Sie ließ sich von mir einladen, wenn ich es ihr anbot, damenhaft, ohne sich zu sträuben, und ich ließ mich nie lumpen, weil meine Mutter zu allem Überfluss auch finanziell irgendwie minderbemittelt wirkte.

»Du musst es deiner Mutter nachsehen«, bat sie mich auf einem unserer strapaziösen Einkaufsbummel, bei dem wir am Ende doch nichts kauften. »Du musst es deiner Mutter einfach nachsehen, dass sie so schrecklich anspruchsvoll ist. Ja?«

Ich schloss sie in die Arme.

»Eines Tages hast auch du hoffentlich einen guten Mann, der dich so verwöhnt, wie du es verdient hast«, sagte sie, unvermittelt, auf der Rolltreppe im Einkaufszentrum. Auf Rolltreppen verfiel sie regelmäßig in philosophische Überlegungen.

»Aber du musst gut aufpassen, wen du dir aussuchst«, fuhr sie fort, die Finger um den Handlauf geklammert. »Stark muss er sein. Er braucht nicht besonders klug zu sein, Maja, er muss kein Intellektueller sein. Was du brauchst, ist einer, der dich liebt und sich um dich kümmert. Einer mit Herz. Und sieh zu, dass er treu ist. Dass er nicht ständig anderen Mädchen hinterhergafft. Und er darf ja nicht dünn sein, Maja!«

Kaum hatte sie das gesagt, geriet sie, wie üblich, an der letzten Stufe ins Straucheln.

»Hast du gehört?«, hakte sie nach, während ich sie unter dem Arm fasste und ihr half, das Gleichgewicht wiederzufinden. »Hüte dich vor dünnen Männern!«

»Aber Tallis Mann ist doch auch dünn.«

»Ja«, sagte sie, »aber bei Talli ist das was anderes. Und inzwischen ist Jossi auch nicht mehr so dünn. Talli sagt, er hat sich einen Bauch zugelegt wie eine schwangere Frau.«

»Und Papa ist auch dünn«, erinnerte ich sie.

»Ja«, erwiderte sie, »dein Vater ist wirklich sehr dünn, und er wird immer dünner in letzter Zeit. Ich mache mir ein bisschen Sorgen um ihn.«

Ich hätte nie gedacht, dass sie mir ein Jahr später, an einem schönen Frühlingstag kurz nach dem Unabhängigkeitstag – eine Sekunde bevor sie wieder an der verflixten letzten Stufe hängen blieb – auf genau derselben Rolltreppe erklären würde, dass sie beschlossen hatte, sich scheiden zu lassen.

Ich führte sie sogleich in ein Café, platzierte sie mir gegenüber und enthob sie der leidigen Qual der Kuchenwahl. Ich bestellte ihr eine Quarktasche, obwohl ich genau wusste, dass sie Quarktaschen nicht ausstehen konnte, und meinte: »Du hältst es doch keine fünf Minuten aus ohne Papa.«

Sie sah mich an, und ihre Augen füllten sich mit Tränen. Sie nahm einen kleinen Bissen von ihrer Quarktasche und erklärte: »Du verstehst das einfach nicht.«

Ich fragte: »Was, Mama, was verstehe ich nicht?«

»Das ist meine letzte Chance.«

»Deine letzte Chance wofür?«, flüsterte ich, und meine Mutter schrie tränenüberströmt und Brösel spuckend: »Um glücklich zu sein!«

Ich schwieg, und meine Mutter zog die Nase hoch und versuchte vergeblich, mit einer Serviette – so einer dünnen, seidenglatten aus einem Edelstahlspender, die rein gar nichts aufsaugt – ihre Tränen zu trocknen. Ihr Lippenstift glitzerte vom Puderzucker. Ich fragte: »Aber was wird aus Papa?« Daraufhin sie: »Papa ist Papa. Ich weiß, dass er Veränderungen nicht mag, aber er wird schon zurechtkommen.« Sie zog den kleinen Spiegel aus ihrer Handtasche und betrachtete kurz ihr Gesicht. Dann schob sie den Kuchenteller beiseite und fragte: »Was sollte das mit der Quarktasche, Maja? Du weißt doch, dass ich die hasse.«

Nun saßen wir also in der Küche. Mein Vater spülte die Pfanne ab und stellte sie auf den Abtropfständer. Meine Mutter wollte ihn gerade bitten, ihr eine Schachtel Zigaretten aus der Schublade zu geben, verkniff es sich aber im letzten Augenblick. Sie schien begriffen zu haben, dass sie nicht einen Anwalt in unser Leben hineinziehen und im selben Atemzug – für den in dieser brütenden Hitze, geschwängert vom Geruch vier paarweise nacheinander gebratener Eier, ohnehin kein Raum war – von meinem Vater verlangen konnte, ihr freundlicherweise eine Packung Zigaretten zu reichen. Sie wusste nie so recht, was sie tat, aber sie hatte ein gutes Gespür dafür, wann etwas unangebracht war.

Sie seufzte, erhob sich schwerfällig und ging zur obersten linken Schublade neben dem Herd, um eine Schachtel Zigaretten herauszunehmen. Mein Vater trocknete seine Hände am Geschirrtuch, hängte es wieder an den Haken und beobachtete, wie meine Mutter mit der Schublade kämpfte, die sich nicht schließen ließ. Mit dieser Schublade gab es immer Ärger. Sie war einfach zu voll. Mein Vater wartete in aller Ruhe ab, bis meine Mutter sagen würde: »Mist, Jack, das geht mir langsam auf die Nerven.« Als meine Mutter dann sagte: »Mist, Jack, das geht mir langsam auf die Nerven«, sich wieder an ihren Platz begab und das Päckchen aus dem Zellophan schälte, ging mein Vater zu der Schublade und schloss sie mit einem einzigen gezielten Ruck.

Die Zigaretten besorgte ihr mein Vater. Jeden Freitag brachte er vom Markt zwei Stangen mit. Er kannte einen Laden, wo Zigaretten verbilligt angeboten wurden. Meine Mutter war gerade dabei, für die Zeit nach der Scheidung eine Liste lebenswichtiger Adressen und Telefonnummern anzulegen; sie trug alles in ein Schulheft ein, auf dessen Schutzumschlag Barbiepuppen prangten. Als sie meinen Vater bat, ihr zu verraten, wo er die Zigaretten holte, konnte er ihr nicht erklären, wie man dorthin gelangte.

»Es ist kompliziert«, meinte er. »Du würdest es nie finden. Ich werde sie dir besorgen.«

»Was soll das heißen?«, fragte sie misstrauisch.

»Ich werde sie dir besorgen«, wiederholte er. »Jeden Freitag hole ich dir zwei Stangen, wie immer. Du wirst ja kaum aufhören zu rauchen nach der Scheidung, Dwora?«

»Stimmt«, sagte sie. »Aber – wieso eigentlich nicht? Vielleicht ja doch? Nach der Scheidung höre ich auf zu rauchen.«

»Dann schreib dir auch das in dein Heft«, meinte er. »Damit du es nicht vergisst.«

Sie schenkte ihm ein bitteres Lächeln, und er fragte: »Aber bis dahin darf ich dir doch weiterhin deine zwei Stangen holen? Oder würde dich das stören?«

»Nein«, antwortete meine Mutter verwirrt und matt und fragte dann unvermittelt mit leuchtenden Augen: »Aber – wie willst du in die Wohnung kommen, Jack?«

»Mit meinem Schlüssel«, antwortete er.

»Aber – vielleicht lasse ich das Schloss auswechseln«, meinte sie. »Es wäre also doch besser, du gibst mir die Adresse von diesem Laden. Sicherheitshalber. Weil ich ja vielleicht alle Schlösser in der Wohnung auswechseln lasse.«

Es gab nur eine Eingangstür mit nur einem Schloss zu ihrem Zuhause, das meine Mutter, seit ihr der Sinn nach Scheidung stand, nur noch als ›die Wohnung‹ bezeichnete. Wahrscheinlich hatte sie auch das aus irgendeinem Film. In letzter Zeit sah sie sich haufenweise amerikanische Melodramen an über Frauen, die ihre blonden kleinen Kinder einpackten und ihren prügelnden oder alkoholsüchtigen Ehemännern davonliefen, oder Sonnenbrillen aufsetzten und mit einer alten Karre kreuz und quer durch den Kontinent gurkten und unterwegs ihre wahren Stärken entdeckten. Meine Mutter war noch nie in Amerika gewesen und besaß keinen Führerschein. Mein Vater hatte sie noch nie geschlagen und trank so gut wie nichts. Trotzdem hatte sie letzten Sommer mit einer rührenden und romantischen Entschlossenheit angefangen, ihr Zuhause als ›die Wohnung‹ zu bezeichnen.

Seit damals benahm sich der Ort entsprechend: Er wurde zu einer Dreizimmerwohnung mit einer langen schmalen Küche, einem rechteckigen Wohnzimmer mit verglastem Balkon, einem Bad mit separater Toilette sowie zwei Schlafzimmern: das Elternzimmer mit dem großen Wandschrank, und Tallis und mein Zimmer. Dort, auf den beiden Jugendbetten, stapelten sich in den letzten Wochen die Sachen meines Vaters.

4

Ich war enttäuscht, als ich Nathan vor seinem Haus absetzte und er mich nicht einlud, mit nach oben zu kommen; er fragte auch nicht nach meiner Telefonnummer. Ich beobachtete ihn noch, als er seine Kappe in die Jackentasche stopfte und aus der anderen Tasche seinen Schlüssel holte. Dann verschwand er im Treppenhaus.

Eine gute Freundin hatte mir einmal gesagt, Männer hätten vor mir Angst.

»Du machst Männern Angst«, sagte Nogga, zündete sich eine Zigarette an und blies den Rauch weit von sich. Sie gehörte zu der Sorte Raucher, die Zigaretten widerlich fanden, die Angewohnheit als solche jedoch liebten.

»Das ist so ein Muster bei dir«, fuhr sie fort, mein

Problem zu analysieren, während sie mit ihrer linken Hand – wo sie an jedem Finger einen großen Ring trug – geistesabwesend ihren Hals berührte und über den großen Knutschfleck strich, den sie mir gleich nach der Begrüßung stolz gezeigt hatte.

»Begreif das doch«, sagte sie. »Erst finden sie dich total süß, und dann kriegen sie Panik.«

»Dann ist es ja vielleicht *ihr* Muster«, sagte ich.

»Nein«, sagte Nogga entschieden. »Ich weiß, wovon ich rede. Ich habe dich schon *in action* gesehen. Ich habe dich an der Uni erlebt. Auf Partys. Ich kenne dich nicht erst seit gestern. Du hast diese Nummer einfach nicht drauf.«

»Welche Nummer?«, wollte ich wissen.

»Da gibt es einige«, erklärte sie und schnippte mit der Zigarette nervös auf den Rand des Aschenbechers, »aber in deinem spezifischen Fall spreche ich von der Glücksnummer.«

»Was meinst du mit Glücksnummer?«, fragte ich.

»Du musst ausstrahlen, dass alles bestens ist in deinem Leben, dass du glücklich bist, selbst wenn wir beide wissen, dass das nicht der Fall ist. Und erst später, im passenden Moment – und das ist ein Moment, für den es keine Regeln gibt, also frag mich nicht, wie man weiß, wann er gekommen ist –, erst da darfst du anfangen, deinen Katzenjammer auf den Tisch zu packen. Aber in kleinen Häppchen. Nicht alles auf einmal.«

Nogga und ich saßen in dem neuen Café, das in ihrem Nachbarhaus aufgemacht hatte. Sie liebte es, neue Cafés einzuweihen und ihnen kurz darauf wieder den

Rücken zu kehren. Immer schäumte sie förmlich über vor Energie, diese Nogga, und sie hatte eine tolle Ausstrahlung. Sie war keine Schönheit im üblichen Sinne; sie war klein und pummelig und hatte krauses, strohtrockenes Haar, mit dem sie ständig kämpfte, und sie verschwendete viel Geld und Hoffnung auf Friseure, deren Pflegekuren ihr Haar nur noch widerspenstiger und krauser machten. Aber Nogga mochte sich, wie sie war, und das auf eine so absolute und Neid erweckende Weise, dass niemand sich ihrem Charme entziehen konnte. Man musste sie einfach lieben. Ich behauptete immer, dass sie sich mochte, weil die Männer sie mochten, aber Nogga sagte, es verhalte sich genau umgekehrt. Wir einigten uns darauf, dass es sich hier um den klassischen Fall vom Huhn und vom Ei handelte.

»Dieses Café ist ganz nett«, meinte sie und sah sich gelangweilt um. »Lass es uns als Stammcafé adoptieren.« Ich sagte: »Okay«, obwohl ich genau wusste, dass sie für unsere nächste Verabredung wieder ein anderes Café vorschlagen würde.

»Begreif das doch«, fuhr sie fort. »Die hauen ab, weil sie merken, dass du wahnsinnig klug und wahnsinnig traurig bist. Diese Kombination aus Grips und Weltschmerz ist für Männer tödlich.« Sie drückte ungeduldig die halbgerauchte Zigarette aus und umklammerte meine Hand. Und während ich noch dem Nebeneinander von Warm und Kalt, der Wärme von ihrer Hand und der Kälte von ihren Ringen nachspürte, sagte Nogga feierlich: »Maja, ich verspreche dir: Eines Tages wirst du erleben, wie toll das ist, wenn du nach einem miesen

Tag, dem beschissensten Tag deines Lebens, nach Hause kommst, und dann wartet da jemand auf dich mit einer großen Umarmung und dem Abendessen.«

Von allem, was sie gesagt hatte, war dies der Satz, der mich am traurigsten stimmte, weil ich ihn als Klischee erachtete, aber Nogga fand das ganz und gar nicht, und sie drückte meine Hand und wiederholte: »Ich versprech's dir!«

Nogga hatte immer Freunde gehabt, die ihr ein oder zwei Monate nach der ersten Begegnung anboten, bei ihnen einzuziehen – vielleicht weil sie ihnen bedürftig vorkam, als wäre jeder Tag der beschissenste Tag ihres Lebens, vielleicht aber auch, weil sie wunderbar kochen konnte. Im letzten Jahr war Nogga solo gewesen, weil sie sich in einen Typen verliebt hatte, der eine Freundin hatte. Dafür, dass sie in jemanden verliebt war, der seinerseits in eine andere verliebt war, wirkte sie äußerst gelassen. Sie hegte diese Gewissheit, dass es schon noch klappen würde, und übte sich in Geduld.

Es war meine Freundin Nogga gewesen, die als Fee zur Purim-Party hatte kommen wollen. Am Ende war sie gar nicht hingegangen. Wie sie mir einige Tage später mit einer Mischung aus Leidenschaft und siegesbewusstem Gleichmut erzählte, hatte sich Folgendes zugetragen: Sie war kurz davor, die Wohnung zu verlassen, in einem selbstgenähten weißen Satinkleid mit Rüschen aus Tüll und Krinoline und weißen Ballerinas, die sie sich vor Jahren anlässlich der Hochzeit einer gemeinsamen Freundin aus Kindertagen gekauft hatte – Schuhe, die man außer zu Hochzeiten oder Purim-

Partys nie tragen konnte. Sie hatte sogar kleine Flügel aus gebogenem Draht, überspannt mit schimmernder Fallschirmseide, an denen sie eine geschlagene Woche gearbeitet hatte, und in der Hand einen kleinen Zauberstab aus einem Spielzeugladen.

Sie hatte sich gerade den Mantel überziehen und aus der Tür gehen wollen, und da kam Amir vorbei. Er stand in der Tür und erzählte ihr, er habe sich von seiner Freundin getrennt. Er war den Tränen nahe. Mit dem Zauberstab in der Hand stellte sich Nogga in ihrem Feenkostüm in die Küche und kochte ihm einen Tee. Einen Tag später fragte er sie, ob sie bei ihm einziehen wolle.

Sie sagte: »Verstehst du. Du musst weicher sein, ein bisschen hilfloser. Ich weiß, das ist nicht deine Art, aber du solltest es wenigstens versuchen. Du darfst nicht traurig sein, ich habe dir schon mal gesagt: Blanker Weltschmerz ist nicht gut. Es macht ihnen Angst. Zu viel Stärke ist auch nicht angebracht. Ein bisschen Stärke ist okay, das ist sogar sexy. Aber es darf nicht zu viel sein. Man muss das richtige Maß finden, Ausgewogenheit ist gefragt. Versuch mal, ein kleines bisschen das arme Würstchen zu spielen, wenn du kannst, und du wirst sehen, es funktioniert. Wie ein Zauber.«

»Aber Amir ist gekommen, um sich an deiner Schulter auszuweinen. Er war das arme Würstchen. Wo genau liegt in diesem Fall der Zauber?«

Sie lächelte geheimnisvoll und erwiderte: »Du hast noch immer nicht begriffen, wie es funktioniert.«

Ich sagte: »Nein. Wie funktioniert es denn? Gerade eben hast du gesagt, ich soll die Glückliche spielen.«

»Natürlich«, gab sie zurück, »aber auch das darf man keinesfalls übertreiben, dann denken sie nämlich, dass du sie nicht brauchst. Natürlich habe ich ihm meine Schulter angeboten, damit er sich erst mal ausheulen kann. Ich habe ihm einen Tee gemacht und ihn ein bisschen gestreichelt, ganz sanft, nicht, um ihn anzumachen, bloß so. Ich habe meine Hand auf seine Hand gelegt und ihm zugehört – eine Dreiviertelstunde hat er über seine blöde Ex geredet, ohne Punkt und Komma –, und du wirst nicht glauben, was ich dann getan habe.«

»Was denn?«, fragte ich.

»Ich bin in Tränen ausgebrochen!«, prustete Nogga.

»Du bist in Tränen ausgebrochen?!«

»Ja«, sagte sie, »du kennst mich doch, ich kann den Hahn auf- und zudrehen, wie ich gerade Lust habe. Also: Wir sitzen im Wohnzimmer, und er erzählt mir, wie schlecht es ihm geht, und fragt, wie es jetzt weitergehen soll, da habe ich einfach aufgedreht. Mir sind die Tränen nur so runtergelaufen. Erst hat er es gar nicht mitgekriegt, dafür war er viel zu beschäftigt mit sich, aber dann hat er mich plötzlich angeschaut und gefragt: ›Was ist mit dir?‹ Er war total fertig. Du hättest ihn sehen sollen. ›Nichts‹, habe ich geschnieft. ›Ich finde es einfach traurig für dich. Es ist traurig, dich so zu sehen. Traurig, wie einsam wir alle sind auf dieser Welt.‹«

»Das hast du gesagt?«, fragte ich. »Ist das dein Ernst?«

»Ja«, erwiderte sie, »so ungefähr.«

»Aber das ist doch ein schreckliches Klischee!«, rief ich.

»Klischees sind eine feine Sache«, gab Nogga zurück,

»und schreckliche Klischees sind große Klasse. Vor allem aber muss man lernen, sie nicht nur auszusprechen, ohne dabei rot zu werden, sondern sie auch hemmungslos auszuleben.«

Sie winkte der Bedienung und erklärte mir, sie habe es eilig. Sie müsse gleich zu Amir. Sie hätten sich für die Mittagszeit verabredet, um gemeinsam seine Küche zu renovieren.

5

Mein letzter Lover war groß und schlank gewesen und schöner als Nathan. Auch Micki hatte blaue Augen gehabt, aber dazu füllige schwarze Locken. Und er schrieb Gedichte, miserable Gedichte.

Wir saßen in meiner Wohnung auf dem Sofa, und er reichte sie mir, einzeln, eines nach dem anderen. Mit spitzen Fingern hielt er mir die Seiten hin, als wären sie zerbrechlich oder die Tinte noch feucht, auf einige der Seiten hatte er kleine Zeichnungen gekritzelt, meist Musiknoten und Vögel, und als ich die Gedichte gelesen hatte, tat er mir nur leid.

Ich hatte Micki in der Universität kennengelernt, wo ich an meinem Doktorat in Vergleichender Literaturwissenschaft arbeitete und mir einen kleinen Raum mit einem Assistenten teilte, der nur vorbeikam, um eine Runde zu schlafen oder sich mit seiner Freundin am Telefon zu streiten. Micki studierte Betriebswirtschaft und Management. Er lief mir eines Abends in die Arme, als er die Flure der Fakultät für Geisteswissenschaften nach einem öffentlichen Telefon abklapperte. Seine Autobatterie sei leer, erklärte er mir, er brauche sofort einen Abschleppdienst, die Karre sei nagelneu. Er war extrem genervt. Ich bot ihm an, von meinem Raum aus zu telefonieren. Geschlagene zwei Stunden warteten wir auf den Mann vom Abschleppdienst. Wir redeten über Autos und Lyrik. Mit derselben Wut, mit der Micki von der Batterie sprach, die ihn im Stich gelassen hatte, sprach er auch von der Frau, in die er einmal verliebt gewesen war. Dann fragte er, ob ich Lust hätte, irgendwann seine Gedichte zu lesen.

Nach der Lektüre bezeichnete ich die Gedichte als berührend. Ich ließ mich sogar über die eine oder andere Metapher aus, und als ich bemerkte, wie geschmeichelt er sich fühlte, tat er mir noch mehr leid. Tief im Sofa versunken saß er da, den Papierstapel im Schoß. Er schrieb über verregnete Straßen und über enttäuschte Liebe. In jeder Zeile kam eine gewisse Rinat vor, umgeben von Vögeln, Musiknoten und Fingerabdrücken. Sie war einmal seine Freundin gewesen, auf dem Gymnasium, seine erste Liebe und die Inspiration für diesen ganzen unverarbeiteten Weltschmerz.

Meine Eltern hatten sich an dem Morgen scheiden lassen, und ich hatte mich gefreut, als Micki anrief und fragte, ob ich noch wisse, wer er sei – »der Typ mit der Batterie«. Ich hatte erwidert: »Ja, klar weiß ich das noch. Wie geht's dir? Wie geht's deinem Wagen?«

»Alles bestens«, hatte er geantwortet, »ich habe die Batterie auswechseln lassen.«

Dann hatte er gefragt, ob er am Abend vielleicht mit seinen Gedichten vorbeikommen könne.

Nun saßen wir Schulter an Schulter auf dem Sofa, und zwischen uns lagen die miserablen Gedichte. Als wir sie zu Ende analysiert hatten, stapelte er sie auf dem Fußboden und seufzte. Er beugte sich über die Seiten, starrte sie noch eine Weile lang an und las sie verkehrt herum, obwohl er sie auswendig kannte. Dann legte er seine Hand auf meinen Arm. Selbst durch den Pullover hindurch konnte ich seine kalten Finger spüren und dass sie so gut wie kein Gewicht hatten. Ich war enttäuscht von seinen leichten Händen.

»Sie fehlt mir noch immer«, erklärte er. »Komisch. Seit fünfzehn Jahren habe ich sie nicht gesehen, aber ich empfinde noch immer etwas für sie.«

»Was denn?«, fragte ich.

»Schmerz«, antwortete er, »und das Gefühl, etwas verpasst zu haben.«

»Aber ihr wart damals ganze siebzehn Jahre alt«, meinte ich. »Es war eine erste Liebe.«

»Und für mich anscheinend die letzte.« Er lachte verlegen, und seine dünnen Finger kitzelten mich am Hals. »Obwohl… ein paar Freundinnen hatte ich seither schon. Mit einer habe ich sogar ein Jahr zusammengelebt. Ich weiß nicht, vielleicht passiert ja eines Tages etwas.«

»Was soll denn noch passieren?«, fragte ich.

»Du würdest es doch nur kindisch finden.«

»Nein«, meinte ich. »Sag's mir.«

»Ich warte auf eine Frau, die radikal anders ist, so

absolut anders, das heißt dermaßen das krasse Gegenteil von Rinat, dass ich es vielleicht genau deshalb schaffen könnte, mich in sie zu verlieben. Verstehst du?«

»Ich verstehe«, erwiderte ich.

»Ich würde mich schrecklich gern verlieben. Das würde jetzt wirklich gut passen, wenn ich mich verlieben würde.«

»Was ist denn jetzt mit ihr?«, wollte ich wissen. »Habt ihr noch Kontakt?«

»Null«, entgegnete er. »Ab und zu kriege ich von Freunden mit, was sie treibt. Inzwischen hat sie geheiratet. Und sie hat ein Kind.«

»Und du bist traurig, dass es nicht dein Kind ist.«

»Ja«, sagte er. »Woher weißt du das?«

»Weil ich schlau bin«, gab ich zurück.

»Du bist wirklich schlau«, meinte er. »Und ich rechne es dir hoch an, dass du bereit warst, dir meine Gedichte anzusehen. Es ist mir wichtig zu wissen, was du denkst. Es ist alles andere als einfach, Leute zu finden, die auf einen eingehen, ich meine: so richtig. Und an die man sich auch manchmal ein bisschen anlehnen kann. Alle meine Freunde studieren BWL und Management. Verstehst du?«

»Ja«, sagte ich und legte vorsichtig meinen Kopf an seine Schulter. »Ich verstehe. Man kann sich bei ihnen nicht anlehnen.«

»Ich hoffe, du findest es nicht schlimm, dass ich mich heute Abend so aufgedrängt habe«, fuhr er fort und trommelte mit den Fingern im Rhythmus einer Melodie, die er in seinem Kopf trällerte, auf meine Schulter.

Ich fragte mich, was für eine Melodie das wohl sein mochte, vielleicht ein Lied, das er auf dem Gymnasium gern gehört hatte. Micki räusperte sich und meinte: »Weißt du was? Manchmal fühle ich mich brutal einsam –«, und genau da klingelte das Telefon, und ich stand auf, um abzunehmen.

Es war mein Vater. Er hatte sich vertan. Eigentlich wollte er meine Mutter sprechen, hatte aber versehentlich meine Nummer gewählt. Er entschuldigte sich: »Ach, du bist es, Maja? Eigentlich wollte ich deine Mutter anrufen –«

Es war das erste Mal, dass er meine Mutter »deine Mutter« nannte.

»Weißt du vielleicht, wo sie ist?«

Wahrscheinlich sei sie gerade in ihrer Vorlesung an der Uni, antwortete ich. Monatelang war sie mir mit der Frage in den Ohren gelegen, was sie am besten studieren solle, was meiner Meinung nach zu ihr passen könnte. Sie hatte in den Vorlesungsverzeichnissen herumgeblättert wie in Modejournalen und mit dem Nagel ihres Zeigefingers auf alle möglichen skurrilen Kurse gedeutet. Am heutigen Abend war sie endlich Gasthörerin geworden.

»Aber … so spät?«, fragte er.

»Keine Ahnung, Papa«, gab ich zurück. »Manchmal ziehen sich diese Vorlesungen eben etwas hin.«

Er sagte: »Aha. Gut.« Dann legten wir auf. Während unseres Telefonats konnte ich ihn in der spärlich möblierten Wohnung auf und ab gehen hören. Ich fragte mich, ob er sich jetzt wohl auf einem der Stühle niederließ, die ich ihm geliehen hatte – die Stühle, die ich vor zehn Jahren bei meinem Auszug aus der elterlichen Wohnung mitgenommen hatte. Ich fragte mich, ob er jetzt auf seinem kleinen Transistorradio seinen Lieblingssender hörte. Und ich fragte mich, ob er weinte.

Nur ein einziges Mal hatte ich erlebt, dass die Schultern meines Vaters bebten, weil er weinte – ein paar Tage, nachdem meine Mutter sich mit mir wegen des Rechtsanwalts beraten hatte. Ich war zu ihnen gegangen und hatte mit meinem Schlüssel die Wohnung aufgesperrt. Meinen Vater hatte ich um diese Uhrzeit nicht dort erwartet. Es waren die Stunden, in denen er gewöhnlich seine Besorgungen machte, die Stunden, die er am meisten liebte. Von Sonntag bis Freitag zwischen acht und zwölf Uhr war mein Vater allmorgendlich unterwegs, bestieg diverse Busse und suchte irgendwelche Ämter auf, immer mit einem abgenutzten Aktenordner unterm Arm. Er hielt Schwätzchen mit Busfahrern, Behördenangestellten und Wachmännern, riss Witze und saß gutgelaunt und geduldig die langen Wartezeiten ab.

Zwei Jahre davor war er in Rente gegangen. Seine Kollegen vom Steuerberaterbüro, wo er fünfundvierzig Jahre gearbeitet hatte, richteten eine Abschiedsfeier für ihn aus. Monate vor seinem Ausscheiden aus der Firma hatte mein Vater bereits angefangen, sich für die Beleidigung zu wappnen, mit einer goldenen Armbanduhr bedacht zu werden.

»Was soll ich mit einer Golduhr?«, murrte er immer wieder, aber im Laufe der Zeit konnte er sich zu der Einsicht durchringen, dass er mit einer goldenen Armbanduhr doch etwas würde anfangen können. Bevor er am Tag der Abschiedsfeier ins Büro ging, nahm er mit den Worten »Na gut, dann gibt's eben eine Golduhr« seine alte Uhr vom Handgelenk und legte sie in die Schublade seines Nachttischs. Aber dann bekam er doch keine Uhr.

Einer der beiden Büroinhaber, Offer Horowitz – ein Mann etwa meines Alters –, überreichte ihm feierlich einen luxuriösen Terminkalender mit Kunstledereinband, ein Kuvert mit Einkaufsgutscheinen über zweihundert Schekel von einem Geschäft für Haushaltswaren und Geschenkartikel. Die drei Buchhalterinnen aus der Abteilung meines Vaters hatten Geld gesammelt und ihm Blumen gekauft. Und es gab auch Kuchen aus der Konditorei von gegenüber.

Mit den Gutscheinen kaufte meine Mutter einen Wok und fing an, sich in chinesischen Kochkünsten zu üben, doch der luxuriöse Terminkalender landete, ohne Einträge und noch halb in Geschenkpapier verpackt, auf dem Berg alter Anzüge meines Vaters, der sich während der Sommer- und Herbstmonate auf meinem Jugendbett auftürmte.

An dem besagten Morgen war mein Vater jedenfalls nicht losgezogen, um seine Erledigungen abzuarbeiten. Vielleicht erachtete er das Weinen ebenfalls als Erledigung – etwas, was man tun musste, um es hinter sich zu bringen. Meine Mutter war nicht da; Donnerstag war ihr Friseurtag. Mein Vater saß mit dem Gesicht in Richtung Balkon auf einem Stuhl im Wohnzimmer. Die Jalousien waren geschlossen, aber ein einzelner Sonnenstrahl drang herein und erhellte die Stelle, an der in einem Quadrat aus Licht mein Vater saß. Ich weiß nicht, ob er mich überhaupt hatte hereinkommen hören. Er gab keinen Laut von sich, nur seine Schultern bebten, und ich verspürte den Impuls, zu ihm zu gehen und ihm eine Hand auf die Schulter zu legen, aber ich wusste, das wäre, als wollte ich ihm den Mund verbieten. Ich stellte mich abwartend hinter ihn, und als ich hörte, dass er die Nase hochzog, fragte ich, ob er wegen der Scheidung weine. Er zuckte mit den Schultern und gab keine Antwort.

»Es ist schon traurig«, meinte ich.

»Ich bin müde«, meinte er. »Verstehst du? Ich bin nicht so traurig, wie ich müde bin. Diese ganze Rennerei zum Rabbinat, jetzt, in meinem Alter. Wer hat die Energie dafür?«

»Dann gehe ich«, erbot ich mich. »Ich werde versuchen, euch von dieser Rennerei so viel wie möglich abzunehmen.« Aber ich wusste, dass er etwas anderes meinte. Er liebte Rennereien und Erledigungen, aber Erledigungen, die einen Sinn hatten, Erledigungen, die er angekurbelt hatte. In dieser Scheidung sah er keinen Sinn; er hatte sie nicht angekurbelt, und er hatte Angst vor dem Alleinsein.

Er war ein großer Anhänger der Zweisamkeit, mein Vater. Er kannte nichts anderes. Bevor er meine Mutter kennenlernte, die einige Jahre als Telefonistin im Steuerberaterbüro Horowitz-Ammit arbeitete, hatte er eine andere Frau gehabt, Violette. Wir haben nie auch nur ein Foto von ihr gesehen, weil er alle Fotos verbrannt hatte. Violette war überfahren worden. Mein Vater war zehn Jahre in kinderloser Ehe mit ihr verheiratet gewesen. Violette, so meine Mutter, hatte es nie gern eilig gehabt.

Meine Mutter war diejenige gewesen, die meinem Vater Wasser ins Gesicht geschüttet hatte an dem Morgen, als er über der Nachricht von Violettes tödlichem Unfall ohnmächtig zusammenklappte. Violette, die es nie und nirgendwohin gern eilig gehabt hatte, wollte unbedingt noch ihren Bus erwischen. Sie war über die Straße gerannt und von einem Bus, der aus der Gegenrichtung kam, überfahren worden. »Linie 4« war alles, was mein Vater freiwillig verriet, als Talli und ich mit der gesunden Neugier heranwachsender Mädchen mehr darüber erfahren wollten, und bis heute wissen wir nicht, ob Linie 4 der Bus war, der sie erwischt hatte, oder derjenige, den sie hatte erwischen wollen. Meine Mutter behauptete immer: »Sowohl als auch.« Auch sie redete nicht gerne über Violette.

Meine Mutter saß in der Telefonzentrale, als es passierte. Sie sah meinen Vater die Treppe herunterkommen; er ging an ihrem Glaskasten vorüber, stand einen Moment lang unschlüssig am Eingang, tastete nach der Wand und brach zusammen. Wenige Minuten vorher hatte sie den Anruf der Polizei zu ihm durchgestellt, und sie hatte Schlimmes geahnt. Als sie meinen Vater zusammenbrechen sah, schnappte sie sich das Marmeladenglas mit den Blumen – sie kaufte sich jeden Morgen auf dem Weg zum Steuerberaterbüro Horowitz-Ammit Blumen, um in ihrem Glaskasten eine häusliche Atmosphäre zu schaffen – und eilte zu ihm.

Klitschnass und umringt von Nelken, war er in ihren Armen wieder zu sich gekommen – und geblieben.

Ich versprach meinem Vater, auf dem Rabbinat erste Informationen einzuholen. Gleich am nächsten Tag fuhr ich hin, doch man erklärte mir, die werten Eltern müssten selbst vorsprechen. Ich fragte den Rabbinatsangestellten, ob er mir keine Auskunft erteilen wolle, weil ich eine Frau sei.

»Nein«, erwiderte er, »so ein Unsinn – Frau. Das tut hier nichts zur Sache. Der werte Vater und die werte Mutter müssen selbst vorsprechen. Wenn es ihnen Mühe bereitet, kann die werte Tochter mitkommen.«

Er sagte ›Tochter‹, als ginge es um eine Tochter im übertragenen Sinne. Anschließend erklärte er mir noch, wo man immer einen Parkplatz bekam, und verkündete wie ein Herold: »Die werten Eltern müssen persönlich bei uns vorsprechen!«, als wollte er sagen: Möge sich das königliche Paar die Ehre geben und uns mit seiner Anwesenheit beglücken.

Nachdem ich mich für die Information bedankt hatte und schon auf der Treppe war, rief er mir noch einmal nach: »Die Eheleute müssen sich schon selbst herbemühen!«

»Wer war das?«, fragte Micki, als ich mich wieder zu ihm aufs Sofa setzte und zu rekapitulieren versuchte, wo ich in meinen Gedanken stehengeblieben war. Micki legte das Gedicht, das er gerade durchlas, zurück auf den Stapel.

»Mein Vater«, antwortete ich. »Er hat sich verwählt. Eigentlich wollte er meine Mutter anrufen.«

»Wie – leben sie nicht zusammen?«, fragte er.

»Sie haben sich heute früh scheiden lassen«, erwiderte ich.

»Oh, Mann«, stöhnte er. »Ich habe auch Wahnsinnsprobleme mit meinen Eltern.«

»Ach ja?«

»Mein Vater hat sich letzte Woche beim Skifahren das Bein gebrochen. In der Schweiz. Sie fahren jeden Winter in die Schweiz.«

»Wie alt sind sie?«, fragte ich.

»Weiß ich nicht genau. Etwas über fünfzig… Fünfundfünfzig vielleicht? So was in der Richtung, glaube ich. Warte. Mein Vater ist genau fünfundfünfzig, er hatte kürzlich Geburtstag. Und meine Mutter ist etwas jünger, vielleicht dreiundfünfzig… Eventuell aber auch erst zweiundfünfzig.«

Plötzlich beneidete ich ihn. Nicht, weil seine Eltern noch so jung waren, sondern weil er nicht einmal ihr genaues Alter wusste.

»Und deine Eltern haben sich also heute scheiden lassen«, nahm er den Faden wieder auf.

»Ja«, sagte ich und legte wieder meinen Kopf an seine Schulter. »Ich war mit ihnen auf dem Rabbinat. Ein Alptraum.«

»Hm«, murmelte er. »Weißt du was? Ich glaube, sie ist auch gerade dort, mit ihrem Mann und dem Kind.«

»Von wem redest du?«, fragte ich.

»Von Rinat. Sie hat einen Anwalt geheiratet. Sie sind auch jedes Jahr in St. Moritz beim Skifahren. Ich glaube, sie fahren ins selbe Hotel wie meine Eltern. Meine Mutter hat gesagt, sie hätte sie vor zwei Jahren dort gesehen, mit dem Kind. Aber – egal«, seufzte er. »Jedenfalls ist mein Vater jetzt den ganzen Tag zu Hause und treibt meine Mutter in den Wahnsinn. Er ist unglaublich anspruchsvoll. Mein großer Bruder und ich, wir müssen ständig vorbeikommen und ihn unterhalten und Schach und Tetris mit ihm spielen. Der Gips kommt erst in fünf Wochen ab. Ein Alptraum.«

»Ein Alptraum«, wiederholte ich.

Wir trieben es auf dem Sofa, das zu schmal war für uns beide, so dass wir irgendwann zu Boden glitten. Wir waren leidenschaftlich, aber nicht leidenschaftlich genug, um dabei zu übersehen, dass die Gedichtseiten in Mitleidenschaft gezogen wurden, und auch nicht leidenschaftlich genug, um sie ernsthaft zu beschädigen. Als ich aufstand, klebte mir ein Gedicht am Hintern. Ich schälte es vorsichtig ab, entschuldigte mich und übergab es Micki, der im Schneidersitz auf dem Fußboden saß und völlig verstört registrierte, was seinen Gedichten soeben zugestoßen war. Er sammelte sie, auf allen vieren krabbelnd, wieder ein, strich die Ecken glatt und blies irgendwelche Krümel von den Seiten. Während wir Tee tranken, merkte ich, dass er sich mit der Entscheidung quälte, ob er bei mir übernachten solle. Ich erklärte, dass ich gern allein schlief, das schien ihn zu erleichtern. Kaum war er fort, überkam mich plötzlich die Lust, ein hundsmiserables Gedicht zu schreiben – ich wusste, ich war dazu fähig –, aber noch ehe ich mich daran machen konnte, war ich eingeschlafen.

6

Eines schönen Tages Anfang Februar ließen meine Eltern sich also scheiden. Ich fuhr sie zum Rabbinat, lud sie vor dem Gebäude ab und erklärte ihnen, ich würde sie drinnen treffen, ich müsse noch einen Parkplatz suchen. Meine Mutter auf dem Beifahrersitz bekam den Sicherheitsgurt nicht auf und konnte nicht aussteigen. Mein Vater beugte sich ins Wageninnere, um sie zu befreien. Ächzend und schnaufend gelangte sie, an seine Schultern geklammert, endlich nach draußen. Dabei sprang ihre Handtasche auf, und der Inhalt purzelte auf den Wagensitz. Meine Mutter und mein Vater wollten alles schnell einsammeln, doch da hupte schon jemand hinter mir, und ich musste weiterfahren. Im Rückspiegel konnte ich beobachten, dass meine Mutter unschlüssig auf dem Gehsteig stand und mir noch einmal nachwinkte; mein Vater dagegen steuerte zielsicher auf das Schaufenster eines Uhrengeschäfts zu.

Da, wo der Rabbinatsangestellte mir freie Parkplätze versprochen hatte, war alles besetzt; anscheinend schlossen und lösten an diesem Morgen viele den Bund der Ehe, und ich musste fünf oder sechs Runden um das Rabbinat drehen. Neben mir auf dem Sitz lagen eine angeknackste Zigarette und ein Pfefferminzbonbon, das sich aus seiner Verpackung gelöst hatte. Ich fragte mich, ob meine Mutter jetzt wohl in ihrer Handtasche kramte, um ein zuckerfreies Bonbon für meinen Vater zu suchen, ob er, seine geöffnete Hand lasch in ihrem Schoß, neben ihr saß und geduldig wartete, dass sie ihm eines hineinlegte, während sie zischelte: »Moment, gleich«, obwohl er sie mit keinem Wort zur Eile angetrieben hatte, und ob sie dann, ihre Bonbons lutschend, schweigend dasitzen würden, bis sie aufgerufen wurden.

Ich fand einen Parkplatz in einer Seitenstraße und rannte den ganzen Weg bis zum Rabbinat. Ich fürchtete, dass meine Eltern noch immer vor dem Gebäude auf mich warteten, aber das war nicht der Fall. Der Rabbinatsangestellte sagte mir, sie seien bereits im Saal. Also wartete ich vor dem Saal auf einer Bank. Ich holte das Kreuzworträtselheft heraus, das ich mir in aller Frühe am Kiosk vor meinem Haus gekauft hatte, aber ich konnte mich nicht konzentrieren. Ich versuchte zu hören, was im Innern des Saals geschah, die Geräusche, die das Ende der Ehe bedeuteten, das Kratzen des Gänsekiels auf Pergament, das unterdrückte Lachen der Richter angesichts des älteren Paares, das sich mitten im Winter plötzlich scheiden lassen wollte. Doch aus dem Saal Nummer zwei drang kein Laut. Meine Eltern, die zusammen immer so viel Lärm veranstaltet hatten, wurden in aller Stille geschieden.

Als die Türen sich öffneten, kamen sie benommen blinzelnd heraus, wie aus einem Kinosaal. Meine Mutter erklärte, diese Scheidung habe sie hungrig gemacht, und schlug vor, in einem Café frühstücken zu gehen. Mein Vater zuckte mit den Schultern und holte sein Portemonnaie aus der inneren Manteltasche, um nachzusehen, ob er genügend Bares bei sich hatte.

Wir setzten uns in ein Café in der Nähe des Rabbinats. Zu dritt nahmen wir an einem wackligen runden Bistrotisch Platz und hatten einander nichts zu sagen. Mein Vater lauerte darauf, dass meine Mutter die letzte Zigarette aus der Schachtel ziehen würde, er benötigte Material, um daraus einen Untersatz für den wackeligen Tisch zu basteln. Kaum hatte sie die Zigarette herausgezogen, schnappte er sich die Schachtel, plättete sie mit der Faust, faltete sie säuberlich und schob das Kartonquadrat unter eines der Tischbeine. Als er sich wieder aufrichtete, hatte er ein puterrotes Gesicht und war völlig außer Atem. Seinen Mantel legte er nicht ab. Meine Mutter behielt den ihren ebenfalls an. Mein Vater nahm eine der großen, laminierten Speisekarten zur Hand, die die Bedienung auf den Tisch gelegt hatte, und verschanzte sich dahinter. Meine Mutter rauchte und hing ihren Gedanken nach. Dann warf sie einen Blick in die Speisekarte und fragte meinen Vater, ob sie ein großes Frühstück bestellen solle oder nur einen Kaffee und ein Croissant. Er erwiderte, er wisse nicht, was er dazu sagen solle, und bestellte für sich ein großes Frühstück. Die Speisekarte versprach ein Omelett aus zwei Eiern, einen Salat, Quark, Käse, diverse Konfitüren, Brötchen, frischgepressten Orangensaft und Kaffee. Ich glaube nicht, dass er so hungrig war; er wusste nur einfach nicht, woher seine nächste Mahlzeit kommen würde.

Ich hatte keinen Appetit. Frühmorgens habe ich nie Appetit und in Gesellschaft meiner Eltern schon gar nicht; nun sorgten die frühe Stunde sowie die Umstände dieses Frühstücks im Zusammenspiel mit der Intimität, die der kleine, noch immer wackelige Tisch uns aufzwang, für meine Appetitlosigkeit. Meine Eltern hatten mich nie zum Essen gedrängt, Talli war immer das Problemkind gewesen, doch an diesem Morgen registrierten beide mit Bestürzung, dass ich die Speisekarte ablegte und die Bedienung lediglich um einen Kaffee bat. Sie flehten mich mit Blicken an, doch etwas zu essen.

»Nur eine Kleinigkeit«, bat meine Mutter, »du brauchst jetzt Kraft.«

Mein Vater zahlte, und meine Mutter sträubte sich, wie üblich, nicht dagegen. Er rechnete das Trinkgeld genau aus und hinterließ auf dem Tellerchen ein Häuflein Zehn-Agorot-Münzen für die Bedienung. Es war mir peinlich, aber eineinviertel Stunden nach seiner Scheidung wollte ich davon kein Aufhebens machen. Meine Mutter ging zur Toilette, und mein Vater erhob sich auf unsicheren Beinen und stopfte sein Portemonnaie in die Innen- und die Konfitüretöpfchen seines großen Frühstücks in die Außentasche seines Mantels.

Dann warteten wir draußen auf meine Mutter. Ein kalter Wind hatte plötzlich eingesetzt, und der Himmel überzog sich unvermittelt mit Wolken. Ich band den roten Schal meines Vaters fester um seinen Hals und stopfte die Enden in seinen Mantelausschnitt. Er lächelte betreten. Dann schnippte ich eine Brotkrume von seinem Kinn. Ich war froh, dass ich etwas zu tun hatte, damit wir nicht zu reden brauchten. Seit der Trennung meiner Eltern war dies das erste Mal, dass wir allein waren, mein Vater und ich. Durch die große Fensterfront des Cafés sah ich, dass die Bedienung an unseren Tisch ging, mit einer genervten Handbewegung ihr Trinkgeld einsammelte und sich dann nach dem Kartonkeil bückte, den mein Vater gebastelt hatte. Sie zog ihn heraus und warf ihn in den Aschenbecher.

Meine Mutter kam, eine frische Farbschicht auf den Lippen, ihr schütteres graues Haar nach hinten gekämmt, lächelnd zu uns heraus. Sie hatte ein strahlendes Lächeln, meine Mutter, und ich fragte mich, ob das wohl das Erste gewesen war, was mein Vater gesehen hatte, als er damals seine Augen aufschlug, klitschnass, verzweifelt und umringt von Nelken und den Beinen seiner Arbeitskollegen.

Wir gingen zum Auto, und meine Mutter sagte zu meinem Vater: »Setz du dich neben Maja, Jacky. Ich setze mich nach hinten.« Ich hatte schon lange nicht mehr gehört, dass sie ihn bei seinem Kosenamen nannte. Mein Vater setzte sich neben mich und drehte an den Knöpfen des Radios, um seine Lieblingsstation zu suchen, seine einzige treue Gefährtin. Meine Mutter machte es sich in der Mitte des Rücksitzes bequem und blickte, immer wieder sanft ihr Haar betastend, nach rechts und nach links. Vielleicht wollte sie ergründen, wie die Straßen, die Geschäfte, die Häuser und die Reklamewände auf eine freie Frau wirkten. Mir schien, als stellte sie enttäuscht fest, dass sich keine Veränderung verzeichnen ließ.

Ich fuhr meine Mutter nach Hause. Sie stieg aus, lehnte sich durchs Seitenfenster meines Vaters zu uns herein und sagte: »Gut, dann fahrt vorsichtig. Wiedersehen, Jack«, und mein Vater nickte, ohne sie anzusehen.

Ich fuhr ihn zu der Wohnung, die er nicht weit von mir angemietet hatte. Es war eine Zweizimmerwohnung im Parterre, und seine Miete war niedriger als meine. Der Vormieter war ein Filmstudent, mit dem Nogga einmal eine Affäre gehabt hatte; auf diesem Weg hatte ich von der Wohnung erfahren. In meinen Augen ein wahres Schnäppchen, in den Augen meines Vaters dagegen Halsabschneiderei. Er hatte fünfunddreißig Jahre lang überhaupt keine Miete gezahlt, deshalb waren für ihn dreihundertfünfzig Dollar im Monat ein Skandal. Ich zahlte fünfhundert, und um ihn aufzuheitern, schlug ich ihm vor zu tauschen.

»Wenn du wüsstest, wie gerne ich mit dir tauschen würde, Maja«, gab er zurück.

Ich beobachtete, wie mein Vater, vorbei an einer Reihe Propangasflaschen und überquellender Mülltonnen, in sein neues Haus ging. Aus Gewohnheit warf er einen Blick in den Briefkasten, an dem noch immer ein großes Etikett mit dem Namen des Vormieters klebte. Als ich nach Hause kam, hatte ich auf dem Anrufbeantworter bereits eine Nachricht von meiner Mutter, die mir vorflötete, wie glücklich sie mit ihrem neuen Leben sei.

7

Er hinterließ mir einen Zettel an der Windschutzscheibe. Ich hatte vor einem Heimwerkerladen gegenüber von seinem Haus geparkt, und als ich mit den Tapetenrollen im Arm herauskam, mit denen ich die Schranktüren in der Küche meines Vaters verkleiden wollte – ich hatte mit ihm verabredet, dass ich mittags vorbeikommen würde, um ihm bei der Renovierung seiner Küche zu helfen –, klemmte unter meinem Scheibenwischer ein zur Hälfte gefaltetes Blatt Papier. Es war ein Reklameflugblatt, und ich hätte es fast ungelesen weggeworfen, doch dann sah ich, dass jemand etwas auf die Rückseite gekritzelt hatte: »Schöne Grüße vom Narren« stand da, und eine Telefonnummer.

Ich fragte mich, was Nathan gemacht hätte, wenn er nicht meinen Wagen gesehen hätte, der heute scheinbar völlig unschuldig und rein zufällig gegenüber von seinem Haus parkte. Seit Purim waren mehr als zwei Wochen verstrichen, und ich hätte ihn längst abhaken sollen, aber als ich mich auf den Weg zu einem Heimwerkergeschäft in meiner Nachbarschaft machte, fiel mir ein, dass es gegenüber von seinem Haus einen kleineren, aber feineren Laden gab, also fuhr ich kurzerhand hin. Ich hatte Glück und fand einen Parkplatz direkt vor dem Eingang. Im Laden war ich unsicher, was meinem Vater eher gefallen würde: Blumen, Vögel, Streifen oder uni, was mir selbst am besten gefiel. Aber ich konnte mich nicht auf die Muster konzentrieren, weil in meinem Geist Nathans Bild auftauchte und sich fortwährend vervielfachte, bis es zu einem eigenen Muster wurde, lauter Silhouetten mit Narrenkappe auf einer endlosen weißen Tapetenbahn, und dazu das Bild seiner Hände mit den schmutzigen Fingernägeln.

Während ich im Laden stand, sinnierte ich über den Rat, den man immer zu hören kriegt, wenn man sich eine Beziehung wünscht: dass man geduldig sein soll und die Liebe am ehesten kommt, wenn man nicht daran denkt, sozusagen aus heiterem Himmel. Ein Rat, der einen zur Verzweiflung bringt und zugleich Hoffnungen schürt, vor allem aber voller Widersprüche steckt: Denn selbst wenn man es schafft, sich irgendwie von obsessiven Gedanken über Liebe und Beziehung abzulenken, indem man sich zwingt, nicht ständig darüber nachzudenken, läuft es letztendlich auf dasselbe hinaus, weil ja beides obsessiv ist: sowohl die Ablenkung als auch die Gedanken, von denen man sich verzweifelt abzulenken versucht. Was also soll das Ganze, wenn doch die Liebe angeblich die Ablenkung schlechthin ist und die größte Obsession dazu.

Ich kaufte Tapeten mit einem Streifenmuster, und als ich den Laden verließ, sah ich den Zettel an meiner Windschutzscheibe. Ich schnappte ihn mir und las ihn zwei- oder dreimal durch. Hatte Nathan mich aussteigen sehen und so meinen Wagen identifiziert, oder hatte er sich das Nummernschild gemerkt? Letzteres war eher unwahrscheinlich. Ich legte den Zettel auf den Beifahrersitz und studierte ihn an jeder Ampel aufs Neue: ganze vier Wörter und eine Nummer. Ich beeilte mich, nach Hause zu kommen, las den Zettel auf der

Treppe zu meiner Wohnung ein weiteres Mal und rief dann meinen Vater an, um ihm zu sagen, dass ich mich verspäten würde.

»Wie viel denn?«, fragte er.

»Nicht viel«, antwortete ich. »Ich habe noch ein paar Dinge zu erledigen. Musst du weg?«

»Blöde Frage«, entgegnete er. »Wo sollte ich denn hinmüssen? Ich warte die ganze Zeit auf dich. Ich habe ein Grillhühnchen geholt. Ein ganz leckeres. Da, wo Mama sie immer holt.«

»Ich komme bald«, sagte ich. »Aber du kannst schon mal anfangen. Du brauchst nicht auf mich zu warten. Ich habe schon gegessen.«

»Du hast schon gegessen?«, echote er, und sein Ton hatte etwas Verzweifeltes.

»Vielleicht esse ich noch ein paar Happen mit«, erklärte ich und las noch einmal den Zettel durch.

»Dann warte ich auf dich«, sagte er. »Ich habe noch nicht so richtig Hunger.«

Inzwischen konnte ich Nathans Nummer auswendig. Ich rief ihn an. Er sei nur zufällig zu Hause, er habe heute blaugemacht, erklärte er. Wir verabredeten uns für den Abend in einem kleinen Café in seiner Nähe. Er klang keineswegs überrascht, so schnell von mir zu hören. Ich fuhr zu meinem Vater, und an jeder Ampel, an der ich halten musste, trommelte ich mit den Fingern aufs Lenkrad, obwohl das Radio nicht an war. Mein Vater öffnete die Tür, einen Hühnerschlegel in der Hand.

Wir hatten einen netten Nachmittag. Von meiner guten Laune angesteckt, gab mein Vater sich alle Mühe, mich in seiner leeren Wohnung zu bewirten. Möbel hatten wir noch keine gekauft. Jeden Freitag, wenn ich vorschlug, gemeinsam die Anzeigen über Wohnungsauflösungen nach Schnäppchen zu durchforsten, erfand er eine andere Ausrede und sagte, bislang komme er bestens zurecht, er brauche nicht viel. Er besaß ein Einzelbett, einen Schrank und einen alten Kühlschrank, den der Vormieter dagelassen hatte, und im Wohnzimmer standen die beiden Stühle, die ich ihm geliehen hatte.

Er kochte mit einem Tauchsieder Kaffee und öffnete eine Packung Doppeldeckerkekse mit weißer Cremefüllung, von denen er vier oder fünf hintereinander verdrückte. Er senkte den Blick, als ich ihn tadelnd ansah; es war der tadelnde Blick, den er gewohnt war und der heute weniger tadelnd ausfiel als sonst. Mein Vater litt an einer gefährlichen Mischung aus Diabetes und einer ungebrochenen, fast kindlichen Gier nach Süßem.

Er fragte, wie es denn so gehe, und wie viel ich für die Tapeten ausgegeben hätte, er wolle mir das Geld zurückgeben. Ich sagte: »Nicht nötig. Betrachte es als Geschenk zum Einzug.« Er war entrüstet: »Ein Geschenk?! Wieso machst du mir ein Geschenk?« Sogleich begann er, die Kekstüte in der Hand, die ganze Wohnung nach seinem Portemonnaie abzusuchen. Er fand es auf der Arbeitsplatte in der Küche, neben dem Hühnchen, das recht zerrupft aus der Alufolie lugte.

Ich saß auf dem Stuhl, knabberte Kekse und erteilte meinem Vater Ratschläge in Sachen Raumgestaltung, wo wir was hinstellen könnten, wenn wir es einmal erstanden hätten, und redete ihm abermals ins Gewissen, es werde langsam Zeit, so könne man auf Dauer nicht leben. Wir könnten doch am nächsten Freitag losgehen, und er meinte: »Ja, am Freitag gehen wir los. Da habe ich nichts Besonderes vor.«

Als wir uns voneinander verabschiedeten, begleitete er mich, die Kekspackung immer noch in der Hand, das Kinn übersät von Krümeln, zur Tür. »Schön zu sehen, dass du gute Laune hast, Maja«, sagte er. »Sei mir nicht böse, wenn ich dir das sage, aber in letzter Zeit kamst du mir ein bisschen bedrückt vor.« Als ich an den klapprigen Briefkästen vorbeiging, rief er mir nach, ich solle noch einmal kurz zurückkommen. Ich machte kehrt, und als ich bei ihm angelangt war, strich er mir mit der Hand, die die Kekspackung hielt, übers Haar und sagte, er würde mir gern einen Rat geben. Ich wisse hoffentlich, dass er nur mein Bestes wolle, und ich entgegnete: »Natürlich weiß ich das.« Daraufhin errötete er und meinte, es sei vielleicht nicht die Aufgabe eines Vaters, seiner Tochter so etwas zu sagen – der Rat einer Freundin tauge möglicherweise mehr –, aber ein junges Mädchen dürfe nicht immerzu traurig sein. Das mache keinen guten Eindruck auf die Mitmenschen. So jedenfalls sei es früher gewesen, als er noch jung war.

8

Nathan arbeitete in einer Gärtnerei. Er stand jeden Morgen um halb sechs auf und fuhr mit zwei Bussen aus der Stadt.

»Es ist ziemlich weit draußen«, sagte er, »fast eine Stunde Fahrt.« Aber das mache ihm nichts aus, auf der Busfahrt schlafe er oder lese Zeitung. Mittlerweile arbeite er dort seit drei Jahren, erzählte er mir, als wir am Abend im Café saßen, an einem der Tische im Hof, obwohl es eigentlich zu kalt war, um draußen zu sitzen.

»Wenn es dir nichts ausmacht, sitze ich lieber draußen«, hatte er gesagt, und ich hatte geantwortet, ich hätte nichts dagegen.

Nathan war vierunddreißig. Er hatte ein paar Jahre studiert, sieben oder acht, erst am Institut für Politikwissenschaften, dann ein paar Semester Geschichte, später Philosophie und Theatergeschichte. Er habe noch vorgehabt, Jura zu studieren, erzählte er weiter, aber nicht des Geldes wegen, sondern wegen der Gerechtigkeit, obwohl sich das romantisch und dumm anhöre. Ich fand, dass es sich weder romantisch noch dumm anhörte, und fragte, warum er nicht angenommen worden sei.

»Ich hab's gar nicht erst versucht«, erwiderte er. Er habe auch keinen Abschluss, weil er von akademischen Graden nicht viel halte.

»Ich auch nicht«, erklärte ich.

»Na ja«, meinte er, »aber du hast immerhin drei.«

»Zweieinhalb«, gab ich zurück, »den Doktortitel habe ich noch nicht in der Tasche. Außerdem mache ich das nicht für den Titel.«

Ich hatte keine Ahnung, wofür ich das sonst machte. Mit Forschung hatte ich nichts am Hut, Bibliotheken konnte ich nicht ausstehen, unterrichten wollte ich nicht – ich hatte keinen Schimmer, was ich mit meinem

Doktortitel anfangen sollte, wenn ich ihn eines Tages in der Tasche hätte. Die Universität hatte mir Geld geboten, damit ich blieb, also war ich geblieben. Ich erzählte Nathan das alles ganz beiläufig und mokierte mich über mich selbst und die Universität, doch Nathan blickte mich nur traurig an – vielleicht kannte er inzwischen diese Masche von Frauen, die versuchten, sich unter Wert zu verkaufen, um zu gefallen – und sagte: »Solche Angebote habe ich nie bekommen.«

»Vielleicht hast du dich nie darum beworben.«

»Was musstest du sonst noch dafür tun?«, fragte er, ohne mich anzusehen, und tauchte seine Daumenkuppe in den Schaum seines Milchkaffees.

»Gar nichts. Ich hatte einen Prof, der mich aus unerfindlichen Gründen für begabt hielt.«

»So einen Prof hatte ich nie«, kam seine Reaktion.

»Vielleicht, weil du nie lange genug bei einer Sache geblieben bist.«

Es war klar, dass Nathan mich nicht sonderlich mochte. Ich dachte, er würde mich eher mögen, wenn er wüsste, dass ich nicht glücklich war, aber ich musste wieder daran denken, was Nogga über seelische Durchhänger gesagt hatte und dass man die eigene Befindlichkeit nur behutsam und tröpfchenweise ins Gespräch einfließen lassen dürfe.

»Die Uni ist ein deprimierender Ort«, sagte ich.

»Ja«, entgegnete er, »das finde ich auch.«

»Manchmal weiß ich selber nicht, was ich dort noch mache.«

»Doch wohl dein Doktorat.«

»Schon, aber manchmal kommt es mir vor wie Zeitverschwendung.«

»Es gibt Leute, die ihre Zeit mit weniger wichtigen Dingen verschwenden«, sagte er und leckte seine Daumenkuppe ab.

»Ein Job in einer Gärtnerei ist bestimmt auch nicht übel«, meinte ich.

Er lachte bitter und schwieg.

»Nein, wirklich. Es hat bestimmt etwas Entspannendes. Das könnte ich mir für mich auch vorstellen.«

»Ja, klar.«

»Weißt du«, wechselte ich das Thema, »ich fand es echt rührend, wie du getanzt hast.«

»Rührend?«, echote er.

»Ja«, erklärte ich, »wie ein kleiner Junge.«

»So tanze ich eben.« Er wirkte gekränkt. »Was hast du vor, wenn du den Doktor in der Tasche hast? Gibst du dann irgendwelche langweiligen Kurse?«

»Ja, ich schätze, dann gebe ich irgendwelche langweiligen Kurse.«

»Du könntest ja ein Buch schreiben«, meinte er mit spöttischem Unterton.

»Ja, vielleicht schreibe ich tatsächlich mal ein Buch.«

»Worüber denn?«, fragte er, den Blick auf die Tischplatte geheftet.

»Über Männer, die sich als Narren verkleiden und dann Akademikerinnen einladen, um ihnen den ganzen Abend Schuldgefühle zu machen.«

»Ich habe dich gar nicht eingeladen«, sagte er verschmitzt.

»Nein. Du warst einfach in Schreiblaune und hast beschlossen, mir ein paar Zeilen unter den Scheibenwischer zu klemmen. Vielleicht bist du ja derjenige, der ein Buch schreiben sollte.«

»Ja«, gab er zurück. »Nur – ich bin nicht begabt.«

Er bedeutete der Bedienung, sie solle die Rechnung bringen, und mir wurde plötzlich klar, dass ich Nathan wohl das letzte Mal gesehen hatte. Ich versuchte, mir im Geiste Noggas gelassene Stimme zu vergegenwärtigen. Nogga hätte sich jetzt wahrscheinlich gefragt, was sie an diesem Typen überhaupt fand. Nogga wäre aufgestanden und gegangen, ich aber, ich blieb sitzen.

Wir lehnten uns auf unseren Stühlen zurück, starrten die leeren Kaffeetassen an und warteten auf die Rechnung. Nathan wirkte sehr überrascht, als er den Blick hob und sah, dass ich weinte.

Er sagte kein Wort. Er saß nur schweigend da und starrte abwechselnd auf mich und die leeren Kaffeetassen. Nach einer Weile räusperte er sich, lehnte sich vor und berührte mit seinem Daumen meine Hand. Getröstet von seinem Daumen, ließ ich ihn gewähren. Was denn los sei, wollte er wissen, aber ich konnte es nicht sagen.

Nathan nahm seinen Daumen von meiner Hand und meinte: »Wenn du magst, kannst du noch mit zu mir kommen. Ich sitze nicht gern allzu lange in Cafés. Es macht mich unruhig.«

»Ja«, sagte ich, »mich auch.«

Und wieder zwängte er sich in meinen Wagen. Er hatte im Café für mich bezahlt, obwohl ich trotz meines

Tränenausbruchs genau wusste, wie hoch mein Anteil an der Rechnung war, und auch schon in der Handtasche nach meinem Portemonnaie wühlte. Als die Bedienung schließlich kam und erst mich mit einem besorgten und dann Nathan mit einem fragenden Blick bedachte, zückte Nathan schnell sein Portemonnaie und gebot meiner fieberhaften Suche sanft Einhalt. Jemandem, der weinte, konnte man anscheinend schlecht Geld abnehmen. Das hatte mir gefallen.

Im Auto hörte ich auf zu weinen, schniefte nur noch ein wenig und nahm hin und wieder die Hand vom Lenkrad, um mir mit dem Jackenärmel die Augen zu trocknen. Nathan sagte, ich hätte eine schöne Jacke. Wie bei der Party, als er gesagt hatte, ich hätte einen schönen Namen, im selben Tonfall. Als hätte er nur einen begrenzten Vorrat an Sätzen und gäbe sich Mühe, das Beste daraus zu machen.

»Danke«, sagte ich, »deine Jacke ist auch schön.«

Er sagte: »Ja? Ich mag sie gar nicht.«

»Sie scheint wenigstens zu wärmen. Meine wärmt überhaupt nicht.«

Er wollte schon seinen Parka ausziehen und ihn mir umlegen, aber ich sagte: »Alles gut. Mir ist nicht kalt.« Obwohl ich fast umkam vor Kälte.

Er hatte eine kleine Wohnung auf dem Flachdach eines alten Hauses, das einen ziemlich baufälligen Eindruck machte. Er kochte uns in der kleinen Küche Tee, dann setzten wir uns in seinem Zimmer auf eine Matratze mit einem Bezug aus verblichenem orangefarbenem Samt. Draußen setzte ein starker Regen ein. Er prasselte auf die Wellblechplatten, die Teile des Flachdachs bedeckten, und auf die Sonnenkollektoren und die Wasserbehälter, die dort oben montiert waren, und verstärkte den Eindruck, dass draußen ein echter Sturm tobte. Unsere Teebecher standen auf dem Fußboden. Wir saßen nebeneinander auf der Matratze. Nathan trug eine Jeans und ein altes blaues Sweatshirt, das hier und dort weiße Flecken von Chlorspritzern aufwies, dazu derbe Arbeitsschuhe, aus denen wollene Armeesocken lugten.

Er rieb seine Hände vor dem Heizofen aneinander und hielt sie dabei so dicht an die Spiralen, dass ich sie im roten Licht glühen sah und glaubte, den Schmerz an den eigenen Händen zu spüren. Ich biss mir auf die Lippen; Nathan aber lächelte fein, wie Kinder es tun, kurz bevor sie etwas anstellen. Dann nahm er mein Gesicht zwischen seine Hände.

Meine Wangen sogen die Wärme umgehend auf. Nathan ließ seine Hände, auch nachdem die Wärme von ihm auf mich übergegangen war, an mein Gesicht gepresst, dann nahm er sie wieder weg, hielt sie abermals dicht an den Heizofen, legte sie dann auf meine Hände und wiederholte das Ganze, bis sich aus der rhythmischen Abfolge des Handauflegens eine Art Spiel entwickelt hatte. Er legte seine Hände an meinen Hals und speicherte mit ihnen anschließend wieder Wärme vom Ofen, so wie man mit den Händen Wasser schöpft. Dann drückte er seine Hände schnell an meine Oberschenkel und fragte, ob ich die Wärme auch durch den Rock hindurch spüren könne. Mit geschlossenen Augen antwortete ich: »Ja, und wie.« Er vermittelte zwischen mir und der gesamten Wärme auf der Welt, und als er damit aufhörte und mir kalt wurde, zog er sein blaues Sweatshirt aus und legte es mir um die Schultern.

Wir verbrachten die Nacht auf der Matratze. Ich wollte ihm von mir erzählen, aber er wirkte nicht interessiert, und nachdem ich im Geiste einige Anläufe genommen hatte, verlor auch ich das Interesse an dem, was ich zu sagen hatte. Ich machte mir Sorgen über den nächsten Morgen, wenn der Zauber der Tränen, des Regens, des Wärmespiels und des Sex erloschen wäre.

Um halb sechs klingelte der Wecker, der auf dem Boden stand. Nathan schob die Decke beiseite, stand auf, zog sich an – dieselben Sachen, die er am Abend getragen hatte – und rumorte in der Wohnung. Ohne ein Wort zu sagen, wusch er sein Gesicht, putzte sich die Zähne und füllte Wasser in den Elektrokocher. Ich saß auf der Matratze und sammelte meine Kleidungsstücke vom Boden auf. Nathan schlüpfte in seine Arbeitsschuhe und fragte: »Wie viel Zucker?« Ich antwortete: »Einen Teelöffel«, und er stellte einen Becher Morgenkaffee neben den ungetrunkenen Becher Abendtee auf den Boden. Nathan trank seinen Kaffee in großen Schlucken und ging dabei durchs Zimmer, legte seine Armbanduhr um, schnürte seine Schuhe, zog den Rollladen hoch, steckte sein Portemonnaie in die Gesäßtasche seiner Jeans, schaltete die Heizspiralen aus, dann stellte er sich an die Wohnungstür und wartete, dass ich meine Jacke anzog.

»Um wie viel Uhr musst du in der Gärtnerei sein?«, fragte ich, als wir die Treppe hinunterrannten.

»Halb sieben.«

»Soll ich dich hinfahren?«

»Nein«, sagte er, »es ist weit.«

»Kein Problem«, erklärte ich, »ich setze mich sowieso ans Steuer. Und um diese Uhrzeit gibt's noch keinen Stau.«

»Danke«, sagte er, »aber es macht mir nichts aus, mit dem Bus zu fahren.«

Mein Wagen stand, glitzernd vom Regen, direkt vor der Tür, und unter einem der Scheibenwischer steckte ein nasses Reklameflugblatt. Ich zog es heraus und warf es auf die Straße. Dann öffnete ich die Wagentür.

»Letzte Gelegenheit!«, verkündete ich, bevor ich einstieg.

Nathan sagte nichts. Wie in der ersten Nacht, als ich ihm eine Mitfahrgelegenheit angeboten hatte, öffnete er wortlos die Tür und zwängte sich auf den Beifahrersitz.

Er gähnte und rieb sich die Augen, und im Wagen machte sich wieder dieser Geruch von ihm breit. Nathan nuschelte Anweisungen, wie ich zu fahren hatte, und starrte durch das Seitenfenster nach draußen. Wir fuhren schweigend zehn Minuten, bis wir aus der Stadt waren. Dann verließen wir die Autobahn in Richtung Industriegebiet und folgten einer schmalen Straße mit lauter Werkstätten, die allesamt noch geschlossen waren. Dahinter begannen die Obsthaine.

»Gleich sind wir da«, sagte Nathan und unterdrückte ein Gähnen. Er deutete nach vorn und fügte hinzu: »Am Ende der Straße – rechts.«

Ich hatte das Gefühl, keine Zeit mehr zu haben, Zeit, die ich dringend brauchte, um etwas zu unternehmen, wobei ich nicht genau wusste, was. Ich wusste nur: Was es auch sein mochte, ich durfte es mir nicht entwischen lassen. In meine Augen stahlen sich ein paar Tränen. Ich war selbst überrascht und fragte mich, ob ich mir mit dem Tränenausbruch am Abend davor – Tränen, die bestimmt schon lange im Hinterhalt gewartet hatten – nicht geschadet hatte, weil ich jetzt womöglich nicht mehr damit aufhören konnte. Also wischte ich mir die Tränen schnell weg und tat, als riebe ich mir die Augen – nichts Ungewöhnliches am frühen Morgen. Dann gähnte ich.

Der Sex war gut gewesen, aber ich wusste, dass ich nicht nur deshalb aufgewühlt war; ich hatte schon einige wilde Nächte erlebt, die sich am Morgen in Müdigkeit und Selbsthass aufgelöst hatten. An diesem Morgen war ich auch müde, und ich empfand auch eine gewisse Unsicherheit, aber ich hasste mich nicht. Ich war panisch vor Angst. Den guten Sex, die Müdigkeit und die Unsicherheit kannte ich gut, aber diese Panik war völlig neu.

Ich fuhr von dem Feldweg ab, und Nathan sagte: »Hier noch nicht.«

»Ich weiß«, gab ich zurück und brachte den Wagen hinter einem mit Graffiti beschmierten Betonflachbau zum Stehen, zog die Handbremse an, streichelte Nathan am Hals und knöpfte ihm die Hose auf. Wir stiegen auf den Rücksitz und vögelten, und dann stiegen wir, jeder auf seiner Seite, wieder aus, schlugen die Türen zu und schauten, jeder auf seiner Seite, in die Landschaft: Nathan stand mit dem Gesicht zu den Obstbäumen und räkelte sich, ich ließ meinen Blick über ein braunes Feld schweifen. Dann stiegen wir wieder vorn ein, ich ließ den Wagen an, und wir setzten unsere Fahrt fort. Als ich ihn vor dem orangefarbenen Schild mit stilisierten Pflanzen und Vögeln am Eingang zur Gärtnerei absetzte, sagte Nathan: »Also – bis dann«, und stapfte mit schweren Schritten zum Tor. Er zog seinen Schlüsselbund aus der Jackentasche und betrachtete ihn nachdenklich. Dann stapfte er zurück zu meinem Wagen – ich gähnte und rieb mir die Augen bei laufendem Motor, um Zeit zu schinden –, lehnte sich durchs Seitenfenster zu mir herein und stotterte: »Möchtest du heute Abend vorbeikommen?«

9

Irgendwann im Spätfrühling, in der Woche zwischen dem Gedenktag für die Opfer der Shoah und dem Unabhängigkeitstag, erlitt meine Mutter einen Herzinfarkt. Einen leichten Infarkt, der sie eher in Verlegenheit brachte, als dass er ihr Angst einjagte. Was, fragte sie später im Krankenhaus, nütze ihr die ganze Freiheit, wenn ihr Herz nicht mitmache.

Es war spätabends passiert, vor dem Fernseher, um zehn vor eins, kurz vor Programmschluss. Meine Mutter wollte gerade zu Bett gehen. Als die Nationalhymne in voller Lautstärke losdröhnte, stand sie auf, um den

Fernseher auszuschalten, und spürte plötzlich einen Druck in der Brust und das berüchtigte Stechen im linken Arm. Sie dachte an Sodbrennen oder Blähungen, weil sie am Abend Gebratenes gegessen hatte, aber zur Sicherheit und vor lauter Schreck – den sie selbst jetzt, auf dem Krankenbett, nicht zugeben konnte – rief sie den Notarzt.

Mein Vater war der Erste, dem sie Bescheid gab. Später erzählte er mir verärgert, sie hätten versucht, mich von der Notaufnahme aus anzurufen, hätten mich jedoch zu Hause nicht erreichen können. Ich war bei Nathan gewesen. Als ich frühmorgens nach Hause kam – seit dem ersten Mal ließ Nathan sich partout nicht mehr von mir zur Arbeit bringen; er behauptete, im Bus könne er noch ein wenig schlafen, aber ich wusste, er wollte nicht in meiner Schuld stehen –, hatte ich eine Nachricht von meinem Vater auf dem Anrufbeantworter: »Maja, Papa hier. Deine Mutter hatte einen Herzinfarkt«, und sein Tonfall klang nach Sieg.

In halsbrecherischem Tempo fuhr ich zum Krankenhaus. Ich wusste nicht, wie heftig der Infarkt gewesen war. Als ich meinen Vater zurückrufen wollte, war er nicht zu Hause. Ich nahm an, dass er bei meiner Mutter im Krankenhaus war und die ganze Nacht dort verbracht hatte. Ich versuchte, mich innerlich auf den Anblick meiner Mutter auf der Intensivstation vorzubereiten – umgeben von Monitoren, blass, vielleicht bewusstlos. Möglicherweise hatte sie gestern, als sie sich nicht wohl fühlte, erfolglos versucht, mich zu erreichen. Vielleicht dachte sie, mir sei etwas zugestoßen, oder konnte sich nicht entscheiden, ob sie mir aufs Band sprechen sollte, und wenn ja, was sie sagen sollte. Ich stellte sie mir vor, wie sie zwischen Sessel und Fernseher im Wohnzimmer stand und die Nummer des Notarztes wählte, während ich ein paar Straßen weiter in der Dachwohnung eines alten Hauses auf einer nach Staub und Schweiß riechenden, samtbezogenen Matratze lag – nackt und einigermaßen glücklich. Ich raste durch die leeren Straßen und wartete auf Stiche in der Brust – erste Gewissensbisse –, aber nichts dergleichen geschah.

Ich stellte den Wagen auf dem verwaisten Parkplatz des Krankenhauses ab, betrat die Eingangshalle und wartete auf den Aufzug. Neben mir stand ein Pfleger, den Ellbogen auf ein weißgestrichenes Metallwägelchen gestützt, auf dem sich Nierenschalen und Nachttöpfe stapelten. Die Gerüche von Desinfektionsmitteln erdrückten mich schier und drohten den Geruch zu überlagern, den ich auf der Haut hatte. Ich stand neben dem Pfleger im Aufzug, schnupperte an meinen Fingern und dachte, dass Sex einen gelassener machte, mehr eins mit sich und stärker, bis es mir gar schien, mit Hilfe von Sex ließe sich alles besiegen: der Tod, Herzinfarkte und all die anderen Tragödien, die sich auf jeder einzelnen Etage, in jedem einzelnen Zimmer, in jedem einzelnen Augenblick abspielten – als wäre Sex ein großes Kruzifix, wie es Nonnen und Pfarrer schwingen, um den Satan zu bannen.

Der Aufzug hielt im achten Stock, und ich betrat die kardiologische Station. Ich kam an einer alten Frau vorbei, die in Frotteeschlappen über den Flur schlurfte und einen Ständer mit Infusionsbeuteln neben sich herschob, die wie transparente Früchte hin und her baumelten. Eine junge Frau stützte sie am Ellbogen und war bemüht, ihren Gang dem schleppenden, unmöglichen Gang der alten Frau anzupassen. Es war nicht klar, ob die junge Frau die Tochter war oder die Enkelin oder vielleicht eine bezahlte Pflegerin. Und ich dachte: Mama hat genau die gleichen Hausschuhe. Und vielleicht führe ich sie heute Vormittag auch über die Flure spazieren und stütze ihr den Ellbogen und gehe in diesem ungangbaren Gang neben ihr her. Während die beiden Frauen hinter einer Biegung des Flurs verschwanden, dachte ich über die Geschehnisse der vergangenen Nacht nach.

Jeden Morgen, wenn ich nach Hause zurückkehrte – Nathan bestand immer darauf, dass wir uns bei ihm trafen –, legte ich mich ins Bett und phantasierte und rekapitulierte, und die Zeit verging wie im Flug. Wenn ich Arbeiten oder Prüfungen korrigierte, verteilte ich aus der wohligen Trägheit und Großzügigkeit heraus, die ich der Welt gegenüber plötzlich empfand, nur gute Noten. Gegen Abend fragte ich mich, ob Nathan jetzt wohl im Bus saß, ob er inzwischen an der Zentralstation umgestiegen war, ob er einen Sitzplatz hatte ergattern können, ob er zu Hause angelangt war und gerade die fünfundsiebzig Stufen zu seiner Wohnung hinaufstieg, ob er, in der kleinen Küche stehend, Wasser aus einer Flasche im Kühlschrank trank und sein Blick dabei auf den Zettel fiel, der mit einem Magneten an der Kühlschranktür haftete – der Zettel, auf dem ich meine

Telefonnummer notiert hatte, die er nie auswendig lernte –, und ob er mich dann anrufen und sagen würde: »Hi. Ich bin wieder da.« Dann würde ich mich erkundigen, wie es bei der Arbeit gewesen sei, und er würde antworten: »Wie immer«, und ich würde bereuen, ihn gefragt zu haben, weil man in unserer Beziehung keine Fragen stellte – insbesondere keine von der rhetorischen Sorte, wie bei normalen Paaren. Und dann würde er fragen: »Was ist – hast du Lust vorbeizuschauen?«, und hörbar einen großen Schluck Wasser trinken, und ich würde antworten: »Ja.«

Schon seit zwei Monaten verbrachten wir jede Nacht zusammen, außer an den Wochenenden, die wollte er für sich allein haben. Ich wusste nicht, was er dann unternahm, aber ich fragte nie nach. Ich erzählte niemandem von Nathan, außer Nogga, die diese Beziehung natürlich nicht guthieß.

»Du kannst eine Beziehung nicht auf Sex aufbauen«, erklärte sie mir einmal, als wir wie jeden Samstag bei ihr und Amir in der Küche saßen.

»Ich weiß.«

»Aber dich interessiert ja sowieso nicht, was ich sage«, schloss sie.

Jeden Morgen, außer samstags und sonntags, musste ich beim Hinuntergehen der fünfundsiebzig Stufen – nach oben hatte ich es stets eilig, während ich mir auf dem Weg nach unten Zeit ließ – über Nathan nachdenken: wie er in seinem kleinen Zimmer da oben immer hastig in die Klamotten fuhr, sich den Schlaf aus den Augen rieb und sich kaltes Wasser ins Gesicht spritzte und dann fieberhaft sein Portemonnaie suchte (er vergaß regelmäßig, wo er es beim Ablegen der Hose in der Nacht deponiert hatte), und wie er später an der menschenleeren Bushaltestelle wartete und anschließend im Bus schlief oder Zeitung las und durch das Fenster auf die Werkstätten und Obsthaine hinausblickte – diese Landschaft, die auch Bestandteil meiner Morgenroutine hätte sein können, wenn wir ein richtiges Paar gewesen wären. Aber es gab auch eine leise Gegenstimme in mir, die sagte, alles wird gut: Man kann doch nicht mit solcher Lust über einen so langen Zeitraum fast jede Nacht mit einem Typen schlafen, ohne dass am Ende etwas dabei herauskommt. Also wartete ich ab.

Im Schwesternzimmer fragte ich nach meiner Mutter, und die Schwester antwortete: »Frau Lieberman liegt auf Zimmer zwei«, und deutete zum Ende des Flurs.

Das Zimmer Nummer zwei war ruhig und vom Ostfenster her sonnendurchflutet. Mein Vater saß auf einem orangefarbenen Plastikstuhl neben dem Bett meiner Mutter und las Zeitung. Meine Mutter lag auf der Seite, mit dem Gesicht zur Tür. Als sie mich sah, richtete sie sich auf, lächelte und sagte: »Du kannst jetzt gehen, Jack, Maja ist da. Danke, dass du gekommen bist. Das rechne ich dir hoch an.« Mein Vater stand auf, faltete seine Zeitung zusammen und legte sie auf den Plastikstuhl. Dann heftete er, verwirrt und verlegen, einen Blick auf mich, als wollte er mich bitten, zu seinen Gunsten zu intervenieren und seine Vertreibung aus dem Krankenzimmer zu verhindern.

»Sag deiner Mutter, sie soll aufhören zu rauchen«, trug er mir auf, als ich mit ihm den Aufzug betrat und nach unten fuhr, um ihn zum Bus zu bringen.

»Nicht nötig«, hatte er abgewehrt, als ich mich erbot, ihn zur Haltestelle zu begleiten. »Bleib du mal bei Mama. Du solltest sie jetzt nicht allein lassen.« Das sei doch kein Problem, hatte ich widersprochen, ich wolle nur ein Stück mitgehen. In der Eingangshalle blieb er am Kiosk stehen und durchforstete mit dem Blick die aufgereihten Süßigkeiten. Ich wollte ihn ermahnen, dass er nichts Süßes essen dürfe, hielt aber den Mund. Er kaufte sich einen Schokonussriegel und steckte ihn in die Manteltasche. Mein Vater hatte einen grauen Wollmantel, den er, seit ich denken konnte, jeden Winter trug. Ich wusste nicht, was er an diesem Mantel fand, er war hässlich und klobig, und inzwischen war es für Mäntel auch zu warm. Vielleicht mochte er ihn der großen Taschen wegen, in denen er seine verbotenen Kostbarkeiten verstecken konnte.

Als der Bus kam, küsste ich ihn auf die Wange und versprach, ihn später von zu Hause aus auf den neuesten Stand zu bringen. Er hatte sich an dem Morgen nicht rasiert, und seine Stoppeln piekten.

Ich nahm den Aufzug und fuhr wieder hinauf zu meiner Mutter. Sie teilte das Zimmer mit einer alten Frau, die von uns abgewandt und das Gesicht zum Fenster im Bett lag; nur ihre weiße Mähne lugte wie Füllmaterial aus der Decke. Ich dachte: Vielleicht ist das die alte Frau, die ich vorhin auf dem Flur gesehen habe und die inzwischen, erschöpft von ihrem Spaziergang, in ihr Zimmer zurückgekehrt ist. Ich fragte meine Mutter, ob sie Talli schon angerufen habe.

»Warum soll sie sich meinetwegen Sorgen machen müssen?«, lächelte sie mich an. »Es ist nichts. Die Ärzte sagen, es ist nichts. In zwei, drei Tagen bin ich wieder zu Hause.«

»Trotzdem«, sagte ich. »Ich finde, sie sollte Bescheid wissen.«

»Das ist überflüssig, Maja«, erwiderte sie. »Wirklich, es würde nichts bringen. Tu mir einen Gefallen und ruf sie nicht an. Die Kleine hat eine Mittelohrentzündung, und Talli hat schon eine Woche lang kein Auge zugetan. Es wäre schade, wenn sie sich auch noch um mich sorgt. Wozu? In ein, zwei Tagen werde ich entlassen, dann rufen wir sie an.«

Eine Woche später durfte sie wieder nach Hause. Mein Vater war nicht mehr ins Krankenhaus gekommen, um sie zu besuchen, hatte aber täglich zweimal angerufen, um sich nach ihrem Zustand zu erkundigen. Ich weiß nicht, ob er sich wirklich so große Sorgen um sie machte oder ob er bloß aus Langeweile mit ihr telefonierte. Die Ärzte statteten meine Mutter mit einer Liste strikter Anweisungen aus. Sie schrieb alles in ihr Heft, das ich ihr auf ihre Bitte hin ins Krankenhaus gebracht hatte. Als ich sie nach Hause fuhr, las sie mir mürrisch die Liste vor. Die Ärzte legten ihr nahe, das Rauchen aufzugeben, ihr Gewicht zu reduzieren, gebratene Speisen zu meiden und sich in Maßen körperlich zu ertüchtigen, zum Beispiel durch Spazierengehen oder Schwimmen.

»Ich kann mich doch in meinem Alter nicht einfach

umstellen«, schimpfte sie, steckte das Heft in ihre Handtasche, öffnete das Fenster und zündete sich eine Zigarette an.

Ich fragte, ob ich ein paar Tage bei ihr übernachten solle.

»Wozu?!«, entrüstete sie sich.

»Mama! Du solltest jetzt nicht allein sein.«

»Mach doch nicht so ein Theater, Maja. Ich liege schließlich nicht im Sterben.«

»Trotzdem. Mir ist wohler, wenn ich weiß, dass du nachts nicht allein bist«, erklärte ich. Und daraufhin sie: »In Ordnung, wenn es dich beruhigt – von mir aus.«

Vier Nächte verbrachte ich bei meiner Mutter. Ich hinterließ Nathan eine Nachricht auf dem Anrufbeantworter, dass meine Mutter einen Herzinfarkt erlitten habe und ich weder an dem Abend noch am nächsten kommen könne, wir uns aber, wie gewohnt, am Sonntag wieder treffen würden. An dem Abend und am nächsten und auch im Laufe des Wochenendes hörte ich per Fernabfrage meinen Anrufbeantworter ab. Ich hatte nur ein paar Nachrichten von Nogga und von meinem Vater.

Am vierten Abend, nachdem ich aufgestanden war, um den Fernseher auszuschalten, räkelte sich meine Mutter in ihrem Sessel, gab einen Seufzer von sich, zündete eine Zigarette an und meinte: »Ich beneide die jungen Frauen deiner Generation.« Ich fragte sie, weshalb, und nach einer kurzen Pause erklärte sie: »Weil ihr es leichter habt. Ihr seid emanzipiert.« Dann gestand sie mir, dass sie nie Spaß beim Sex gehabt habe.

»Papa war kein besonders guter Partner«, erklärte

sie und fügte hinzu, mein Vater sei ihr Erster gewesen. Ich wusste nicht, ob meine Mutter das Bedürfnis hatte, sich mir anzuvertrauen, weil sie fürchtete, dass sie bald sterben würde, oder weil sie keine Lust hatte, schlafen zu gehen. Ich sagte, es sei noch nicht zu spät, obwohl uns beiden klar war, dass für sie der Zug längst abgefahren war.

10

Es war angenehm, bei Nogga und Amir in der Küche zu sitzen. Immer drang eine Brise durch die Balkontür herein, und überall standen Pflanzen. Ein Freitagnachmittag Anfang Juni, die Luft wie gewöhnlich feucht und klebrig – doch in dieser Küche ließ es sich aus unerfindlichen Gründen stets gut aushalten. Amir wanderte in Shorts, ohne Hemd und barfuß durch die Wohnung; er trug ein Büschel Trauben mit sich herum, die er sich einzeln in den Mund warf, indem er den Kopf in den Nacken legte und sie aus der Luft fing, und Nogga machte eine Geste, die besagen sollte: ›Schau dir den Spinner an!‹ Als Amir, die Trauben schwenkend, in ihre Nähe kam, sprang sie von ihrem Platz auf, riss eine Beere ab, zog an Amirs Hosengummi und warf sie in seine Shorts. Daraufhin rannte sie lachend und kreischend durch die Wohnung, und Amir bedeutete mir mit einer Grimasse: ›Ist die kindisch!‹, und nahm die Verfolgung auf. Dann wurde es plötzlich still, und ich hörte die beiden im Wohnzimmer knutschen.

Sie luden mich ein, zum Abendessen zu bleiben, sie hätten Schnitzel aufgetaut, aber ich sagte, ich hätte schon etwas anderes vor, und verabschiedete mich. Ich stieg in meinen Wagen, schaltete die Klimaanlage ein und fuhr ziellos durch die Straßen. Die Sonne war bereits am Untergehen, leider nicht schnell genug, noch glühte und blendete sie, aber im Radio kamen schon ruhigere, abendliche Lieder. Ich hatte nichts vor.

Ich überlegte, ob ich unterwegs von einer Telefonzelle aus meinen Vater anrufen und ihn fragen sollte, ob er Lust hätte, mit mir die Anzeigen in den Wochenendzeitungen durchzugehen und nach Möbeln für ihn zu suchen. Ich wusste, dass er die Wohnung nicht möblieren wollte; die Leere, die darin herrschte und die durch die beiden im Wohnzimmer herumstehenden Stühle zusätzlich unterstrichen wurde, war die beeindruckendste Offenbarung seiner Gefühle, die er je an den Tag gelegt hatte – wirkungsvoller und weit raffinierter als seine bebenden Schultern. Aber ich wusste noch etwas anderes: Wenn ich jetzt anriefe und erklärte, ich hätte heute Abend nichts vor, wir sollten die Zeit nutzen und auf Schnäppchenjagd gehen, dann würde er die Gelegenheit, am Freitagabend nicht allein zu sein, auf jeden Fall beim Schopf packen – selbst auf die Gefahr hin, dass ihn das ein paar Möbelstücke aus zweiter Hand kostete.

Also verkniff ich mir meinen Anruf. Ich fuhr weiter ziellos durch die Stadt, bis ich unversehens in Nathans Straße landete. Ich parkte den Wagen, stieg aus und machte einen kleinen Spaziergang in der Umgebung. Sämtliche Läden hatten bereits zu, auch der Heimwerkerladen, dessen geschlossene Rollläden in mir eine unerklärliche Sehnsucht weckten nach dem einen Morgen gegen Ende des Winters und dem Zettel unter meinem Scheibenwischer: »Schöne Grüße vom Narren« und eine Telefonnummer, sonst nichts. Noch mehr sehnte ich mich allerdings zurück nach dem Augenblick, als ich genauso gut hätte beschließen können, nicht darauf zu reagieren.

Ein Kiosk hatte noch offen, und ich blieb stehen und kaufte mir ein Eis. Es war mit hoher Wahrscheinlichkeit der Kiosk, wo Nathan immer seine Wochenendzeitungen kaufte. Sonntags fand ich sie dann überall in der Wohnung verstreut: einen Teil hier, einen Teil da, auf dem Küchentisch und auf dem Fußboden der Toilette, auf der Anrichte und auf dem Teppich, und ein paar Seiten trieb der Wind über das Flachdach. Die Kreuzworträtsel waren stets gelöst, mit rotem Filzstift, und das war merkwürdig, weil Nathan mir einmal gesagt hatte, er könne Kreuzworträtsel nicht ausstehen.

Ich hatte schon dreißig Treppen hinter mir, bis ich begriff, was ich da tat – es war Freitagnachmittag, also Wochenende –, und ich ging zu ihm hoch. Als ich oben auf dem Dach angelangt war und leise an die Eisentür klopfte, war ich schweißgebadet. Nathan öffnete die Tür. Er war in Unterhose und sah aus, als wäre er soeben aus der Dusche gestiegen. Er hielt die Eisentür, die im Sommer immer glühend heiß war, an der Kante fest, als wollte er sie nicht öffnen und sie mir gleichzeitig auch nicht vor der Nase zuschlagen.

»Was machst du denn hier?«

»Ich wollte dich überraschen«, antwortete ich.

»Das ist dir gelungen.«

»Störe ich?«

»Nicht direkt«, erwiderte er. »Aber gleich kommen ein paar Leute zu mir.«

»Besuch?«

»So ungefähr.«

»Es ist wahnsinnig heiß«, sagte ich.

»Ja«, meinte er und verlagerte sein Gewicht von einem Bein aufs andere. Der gekalkte Boden des Flachdachs war glühend heiß.

»Es ist die Hölle draußen«, fuhr ich fort und bemerkte plötzlich, dass ich noch immer das Eisstäbchen in der Hand hielt und dass es an meinen Fingern klebte.

»Möchtest du etwas trinken?«, fragte er.

»Gern«, antwortete ich, »Wasser. Ich komme gleich um vor Durst.«

Er hielt die Tür auf. »Na gut, dann komm kurz rein.«

Die Freitagnachmittagswohnung sah anders aus als die Wohnung, die ich kannte. Sie war aufgeräumt, es lagen keine Klamotten auf dem Fußboden, das Geschirr war gespült und stand in Reih und Glied auf dem Abtropfständer, und der Kühlschrank – ich konnte einen Blick ins Innere erhaschen, als Nathan die Tür öffnete, um mir ein Glas Wasser einzuschenken – war gut bestückt mit Lebensmitteln: Käse und verschiedene Sorten Joghurt, dazu in einer großen Plastikschüssel im obersten Fach frischgewaschene Pfirsiche, Trauben, Aprikosen, Mangos. Dabei mochte Nathan gar kein Obst.

»Ist alles in Ordnung?«, fragte ich. »Du wirkst ziemlich nervös.«

»Ich finde es nicht in Ordnung, dass du einfach vorbeikommst, ohne vorher anzurufen«, erwiderte Nathan.

Ich ließ mich auf der Matratze nieder und trank mein Wasser. Nathan lehnte an der Wand, trommelte mit den Fingern dagegen und erklärte: »Ich kriege gleich Besuch von einer Frau.«

»Eine Bekannte von dir?«

»So ungefähr.«

»Keine Bekannte von dir?«

»Nein«, sagte er. »Aber du hättest nicht einfach vorbeikommen sollen, Maja. Ich finde es nicht in Ordnung, dass du nicht vorher angerufen hast.«

Sigall lebte in einem Kibbuz im Norden. Jeden Freitag fuhr sie mit zwei Bussen dreieinhalb Stunden nach Tel Aviv, kaufte in der Zentralstation Blumen und fuhr mit einem weiteren Bus zu Nathan. An ihrer Schulter baumelte ein Rucksack und darüber ihr Pferdeschwanz und lange Ohrringe mit bunten Federn. An der Haltestelle vor dem Heimwerkerladen stieg sie aus, überquerte die Straße, erklomm die fünfundsiebzig Stufen zu Nathans Wohnung auf dem Dach, klopfte an die Eisentür, trat ein und blieb bis Samstagabend. Diese Wochenendbeziehung führten sie nun schon seit fünf Jahren.

»Es gibt da eine Frau, mit der ich seit fünf Jahren zusammen bin.«

»Wie lange?!«, fragte ich, und er wiederholte: »Fünf.«

»Wie heißt sie?«, wollte ich wissen, und er antwortete: »Sigall.«

»Und woher kommt sie, diese Sigall?«, fragte ich.

Er nannte den Namen ihres Kibbuz und erklärte mir, begleitet von Handbewegungen auf der Landkarte Israels, die er in die Luft zeichnete, wo genau er lag. Ich wollte wissen, wie sie aussah, und er wich mir aus: »Was spielt es für eine Rolle, wie sie aussieht?« Ich fand, es spielte durchaus eine Rolle.

»Sie ist ungefähr so groß wie du, hat lange schwarze Haare und einen Pferdeschwanz.«

Die Ohrringe waren also reine Phantasie. Die Blumen dagegen nicht. Der Strauß, der in einem Marmeladenglas vor sich hin welkte und den ich jeden Sonntag, wenn ich nach dem Wochenende wieder zu ihm kommen durfte, in der Küche auf der Arbeitsplatte stehen sah, war eines von etlichen Details, die mich gerührt hatten, genau wie der kükenhafte Flaum auf Nathans Rücken. Ich hatte es toll gefunden, dass Nathan ein Mann war, der sich Blumen kaufte.

»Dann sind die Blumen also von ihr?«, fragte ich, und er antwortete: »Ja.«

»Und sie ist auch diejenige, die die Kreuzworträtsel löst?«

Er lächelte und erwiderte: »Ja. Sigall ist süchtig nach Kreuzworträtseln.«

Ich fragte ihn, ob er Sigall liebe, und er erklärte, er wisse es nicht. Sie seien inzwischen so lange zusammen, er nehme schon an, dass er sie liebe. Er stand in seiner Unterhose an die Wand gelehnt da, trommelte mit den Fingern und warf immer wieder einen nervösen Blick auf den Wecker. Sigall musste jeden Moment kommen.

Ich fragte ihn, ob er mich liebe, und er schüttelte den Kopf. Warum er und Sigall denn nicht heirateten, wollte ich wissen. Ihre Beziehung gehöre nicht zu dieser Sorte, erwiderte er.

»Das ist nicht so eine Beziehung, wo man am Ende heiratet.«

»Was für eine Beziehung ist es dann?«, fragte ich.

»Sie ist anders. Zwischen uns ist alles offen, unverbindlich«, erklärte er. »Deshalb war es für mein Gefühl auch in Ordnung, dass ich gleichzeitig mit dir zusammen bin. Ich hatte nicht das Gefühl, dass ich sie betrüge oder so.«

»Und mich?«, wollte ich wissen. »Hattest du das Gefühl, dass du mich betrügst?«

»Keine Ahnung«, gab er zur Antwort.

»Weiß Sigall von mir?«

»Nein«, erwiderte er, »ich habe ihr nichts davon erzählt.«

»Dann betrügst du Sigall doch«, meinte ich.

»Ich habe dich nicht belogen, Maja. Ich habe nie gelogen.«

»Nein«, bestätigte ich, »gelogen hast du nicht. Du hast mir bloß verschwiegen, dass du an den Wochenenden eine andere vögelst.«

»Hör auf, so zu reden«, sagte er. »Ich verstehe, dass du sauer bist, es ist dein gutes Recht, sauer zu sein. Aber es ist nicht, wie du denkst.«

»Sie ist ganz schön spät dran, Sigall«, stellte ich fest. »Sollten wir uns nicht allmählich Sorgen machen? Wo bleibt sie nur?«

»Ich gehe dann mal davon aus, dass du dich nicht mehr mit mir treffen willst«, meinte er.
»Das habe ich nicht gesagt.«
»Heißt das, du willst doch?«
»Wir haben jetzt nicht die Zeit, das auszudiskutieren. Unser Besuch dürfte wohl jeden Moment hier sein.«
»Stimmt«, sagte er. »Aber – ich bin durchaus bereit, so weiterzumachen, Maja. Ich finde es gut mit dir. Es macht mir Spaß, mit dir zusammen zu sein. Ich habe kein Problem damit, so weiterzumachen.«
»Natürlich nicht«, konterte ich. »Solange du in den Genuss beider Welten kommst.«
»Mit genießen hat das nichts zu tun«, meinte er. »Es hat sich halt so ergeben.«
»Natürlich. Wie solltest du es auch genießen? Du leidest ja. Man sieht dir förmlich an, wie du leidest. Von Sonntag bis Donnerstag vögelst du eine Städterin, und an den Wochenenden eine Landpomeranze.«
»Hör auf, so über sie zu reden. Dazu hast du kein Recht. Du kennst sie ja nicht mal.«
»Aber sie ist deine Freundin. Vielleicht ist es an der Zeit, dass ich sie endlich kennenlerne.«
»Sie ist nicht richtig meine Freundin.«
»So wie ich nicht richtig deine Freundin bin?«
»Ja, genau.«
»Wer von uns ist hier ›die Andere‹, sie oder ich?«
»Ich weiß es nicht, Maja. Wieso ist das wichtig?«
»Es ist wichtig. Also wer? Ich oder sie?«
»Keine von euch beiden.«
»Keine?«

»Ihr beide.«

»Wir sind beide ›die Andere‹?«

»Nein.«

»Ja, wer denn nun?«

An der Eisentür ertönte das starke und selbstsichere Klopfen einer Person, die weit gereist ist und weiß, dass sie erwartet wird, und Nathan löste sich von der Wand und warf mir auf dem Weg zur Tür einen erschrockenen Blick zu. Ich hörte, dass die Eisentür sich öffnete und Sigall »Hallo! Puuh, ist das eine Hitze« sagte, und dann das Geräusch eines Küsschens. In Shorts und Tanktop trat sie mit geschultertem Rucksack und zusammengebundenem Haar ins Zimmer. Sie trug keine Ohrringe und auch keinen BH. Ihr Busen war klein, wie bei einem Teenie. Sie legte die Blumen auf der Anrichte ab, sagte zögernd »Schalom« und blickte fragend zu Nathan, der sagte: »Darf ich vorstellen, das ist Maja, eine Bekannte von mir.«

Sigall ließ den Rucksack zu Boden gleiten und sagte: »Ich heiße Sigall«, und ich erwiderte: »Freut mich.« Und nach einer kurzen Pause: »Endlich lernt man dich mal kennen. Nathan hat mir schon eine Menge von dir erzählt.«

»Ja? Was hast du ihr denn so von mir erzählt?«, fragte sie, schlang die Arme um Nathan und kitzelte ihn. Er wand sich aus ihrer Umarmung und fragte uns beide, ob wir etwas Obst wollten, er habe frisch gewaschenes Obst im Kühlschrank.

11

Meine Mutter hatte mich für Samstag zum Mittagessen eingeladen. Ich hatte versprochen, einen Salat beizusteuern; am Ende hatte ich es verschwitzt und kam mit leeren Händen zu ihr. Meine Mutter sagte, es gebe auch so genug zu essen, und fügte hinzu, sie habe in letzter Minute auch meinen Vater eingeladen.

»Wir sind schließlich nicht verfeindet«, erklärte sie.

Mein Vater erschien, zu warm gekleidet und schweißgebadet, und überreichte meiner Mutter mit den Worten »Schabbat Schalom« eine Flasche Rosé. Sie bedankte sich und fragte ihn, ob man den Wein kaltstellen müsse; ich sagte, sie solle ihn ins Gefrierfach legen. Meine Mutter wies meinen Vater an, er solle sich schon mal setzen und sich ausruhen, sie sei gleich so weit. Er nahm zögernd auf dem Sofa Platz und fuhr mit den Händen darüber, als wollte er prüfen, ob es bequem sei, als säße er zum ersten Mal hier.

»Ich habe die ganze Nacht kein Auge zugetan«, stöhnte er, »die Mücken haben mich wahnsinnig gemacht.«

Er lehnte sich zurück, zog ein Taschentuch aus der Hosentasche und trocknete seine Stirn.

»Und – was kocht deine Mutter?«, fragte er.

»Ich glaube, ihren Braten mit Kartoffeln dazu«, erklärte ich, »und als Vorspeise gibt's eine kalte Suppe.«

»Joghurtsuppe?«, fragte er hoffnungsvoll.

»Ja.«

»Prima!«, freute er sich. »Genau das Richtige bei diesem Wetter.«

Ich erzählte ihm, dass ich einen Salat hätte mitbringen sollen, es aber irgendwie komplett verschusselt hätte, und mein Vater meinte, das sei nicht schlimm, es gebe auch so genug zu essen.

Auch ich hatte die halbe Nacht nicht geschlafen. Nachdem ich mich von Nathan und Sigall verabschiedet hatte, war ich noch eine Weile herumgefahren. Ich hatte überlegt, ob ich Nogga und Amir anrufen und sie fragen sollte, ob die Einladung zum Abendessen noch stand. Ich wusste, die beiden würden mich mit Vergnügen verköstigen und meine Situation analysieren. Aber ich hätte ihnen nicht einmal darlegen können, in welcher seelischen Verfassung ich mich überhaupt befand.

Sigall war sehr viel hübscher als ich und wirkte auch jünger. Sie strahlte eine Gelassenheit aus, die man nur haben kann, solange man nicht weiß, dass man betrogen wird. Ich wusste ja bereits Bescheid, und obwohl ich sie hasste, tat sie mir auch ein bisschen leid. In ihrer Ahnungslosigkeit war sie aus dem Kibbuz angereist, dreieinhalb Stunden mit dem Bus, und hatte wie gewohnt von der Zentralstation Blumen mitgebracht.

Vor allem ihr Busen ging mir nicht aus dem Kopf – ein Busen, der in einem bestimmten Stadium aufgehört hatte zu wachsen und klein, leicht und straff geblieben war.

Ich parkte vor meinem Haus und blieb eine Weile in meinem klimatisierten Wagen sitzen. Eigentlich empfand ich weder Hass noch Mitleid für sie, sondern Neid. Ich beneidete sie – nicht nur um ihren Busen, sondern auch um ihre Ahnungslosigkeit.

Auch ich hätte es mir einrichten können, ahnungslos zu sein. Ich hätte bei Nogga und Amir bleiben und ihnen helfen können, das Gemüse für den Salat zu schnippeln, dann hätten wir zusammen Schnitzel gegessen und eine Weile ferngesehen. Anschließend wäre ich nach Hause gefahren und hätte noch immer von nichts gewusst. Ich hätte auch mit meinem Vater diverse Leute aufsuchen können, die ihre Möbel verkaufen wollten, und so hätte ich ein weiteres Wochenende in Ahnungslosigkeit verbracht – genau wie das vorige Wochenende und wohl auch noch das Wochenende danach.

Ich saß auf dem Sofa und beobachtete meine Mutter, die mit geübten Handgriffen den Tisch deckte, und meinen Vater, der wiederholt aufstand und sich wieder setzte. Er war aufgestanden, um seine Hilfe anzubieten, doch meine Mutter hatte sie ausgeschlagen. Also hatte er sich wieder hingesetzt. Nach einer Weile stand er abermals auf, er konnte seinen Platz nicht finden, immer wieder zog er sein Taschentuch aus der Hosentasche und wischte sich den Schweiß vom Gesicht.

Als ich tags zuvor nach Hause gekommen war, hatte ich einige Stunden vor dem Fernseher gehockt und herumgezappt. Dabei ging mir immer wieder durch den Sinn, dass ich versprochen hatte, anderntags einen Salat zum Essen mitzubringen. Ich sagte mir: Vergiss doch endlich den Salat, der ist jetzt nicht wichtig. Aber ich wusste noch, dass ich irgendwann vom Sofa aufsprang und in die Küche lief, um nachzusehen, ob ich Gemüse dahatte. Natürlich hatte ich Gemüse da, ich hatte ja am Vormittag extra welches besorgt, damit ich die Zutaten für den Salat im Haus hätte. Selbst der Besuch beim Gemüsehändler kam mir vor wie ein Ereignis aus ferner Vergangenheit, und plötzlich erschien mir mein früherer Zustand – als ich noch nichts wusste – glücklicher als der Zustand, den ich mir wünschte: nämlich mit Nathan zusammen zu sein. Bis vor wenigen Stunden hatte wenigstens die Ahnungslosigkeit noch mir gehört – was ich von Nathan zu keiner Zeit hätte behaupten können.

Kurz vor Mitternacht überlegte ich, ob ich nicht doch Nogga anrufen sollte, aber ich wusste, sie würde mich sofort zu sich beordern. Und während ich an meinem Ende der Leitung noch mit meiner Entscheidung rang, würde sie am anderen Ende Amir eine Grimasse schneiden, die besagte: ›Maja hat eine Krise, sie kommt gleich vorbei‹, und er würde nicken: ›Geht klar.‹

Ich überlegte so lange hin und her, bis es für einen Anruf zu spät war. Natürlich hätte ich die beiden wecken können. Sie hätten es verständnisvoll hingenommen. Sie hätten mir erklärt, dass ich mich in meinem Zustand auf gar keinen Fall ans Steuer setzen dürfe, und wären sogar mit Amirs Wagen vorbeigekommen, um mich abzuholen. Aber ich hatte keine Lust, den Notstand auszurufen. Ich wollte vernünftig und möglichst frei von Emotionen über alles nachdenken. Ich wollte sachlich vorgehen.

Ich öffnete eine Flasche Bier und trug einen Stuhl auf den Balkon. Ich setzte mich, legte die Beine auf die Balustrade und starrte in den Himmel. Er war mit Wolken verhangen, die für morgen brüllend heißes Wetter voraussagten. Ich schloss die Augen, legte den Kopf in den Nacken und versuchte mir einzureden, dass es keinen Grund zur Beunruhigung gab, es war schließlich kein Unglück passiert. Aber es gelang mir weder, mich zu beruhigen, noch, mir einzureden, dass kein Unglück passiert war. Außerdem fragte ich mich, was ich eigentlich über Nathan wusste. Wir hatten uns nie viel unterhalten. Seit fünf Monaten vögelten wir miteinander. Ich hatte nie gefragt, wie er sich eigentlich die Wochenenden vertrieb. Hätte ich ihn danach gefragt, hätte er mich wohl anlügen müssen. Schade, dass ich nie gefragt habe, dachte ich, dann wäre er wenigstens gezwungen gewesen zu lügen. Nathan hasste Lügen, also hätte ihn das wenigstens gequält. Andererseits: Vielleicht hätte er mich ja doch nicht belogen, und ich hätte das, was ich jetzt wusste, bereits vor fünf Monaten erfahren. Da ich aber in den letzten fünf Monaten relativ glücklich gewesen war, freute ich mich, dass ich nichts davon gewusst hatte. Fünf Monate war ich glücklich gewesen – wenn auch nur relativ und, wie ich inzwischen wusste, grundlos –, aber immerhin. Fünf Monate waren ein nicht zu verachtender Zeitraum.

Ich stellte den Stuhl zurück ins Wohnzimmer, schloss die Balkontür, ging ins Bett und versuchte, Zeitung zu lesen. Die Wochenendzeitungen lagen über mein Bett verstreut, und ich kam zu dem Schluss, dass ich mich beim Lösen eines Um-die-Ecke-gedacht-Kreuzworträtsels am ehesten entspannen könnte. Ich stand wieder auf, um einen Stift zu holen, und kehrte, beflügelt von dem Gedanken, eine Beschäftigung gefunden zu haben, zurück ins Bett. Ich löste mühelos drei Definitionen hintereinander, aber ebenso mühelos wanderten meine Gedanken, die fünfundsiebzig Stufen erklimmend, zurück in Nathans Wohnung.

Ich sah auf die Uhr neben meinem Bett. Zehn vor eins. Ich fragte mich, ob sie jetzt wohl vögelten. Obwohl der Gedanke unerträglich war, versuchte ich ihn in meiner Phantasie zu Ende zu denken, um ihn loszuwerden, und löste indessen noch ein paar Definitionen in meinem Kreuzworträtsel. Auf dem Stift kauend, rätselte ich, wer von beiden oben lag und wer unten. Sigall hatte auf mich nicht den Eindruck einer Obenliegerin gemacht, aber was wusste ich schon über sie? Wie Menschen sich benehmen oder wie sie reden lässt schließlich keinerlei Rückschlüsse darauf zu, wie sie sich im Bett verhalten, und ein unschuldig wirkender kleiner Busen hieß noch lange nichts.

Ich stieg aus dem Bett, nahm das Wochenendmagazin mit dem Kreuzworträtsel und den Stift mit, holte noch ein Bier aus dem Kühlschrank und schleppte abermals den Stuhl hinaus auf den Balkon. Ich knipste das Licht an, das sofort von hysterisch flatternden Nachtfaltern umschwärmt wurde, und während ich weiter an meinem Rätsel tüftelte, dachte ich: Morgen steht Sigall auf, und dann trinken sie in aller Ruhe zusammen Kaffee, nicht wie wir, wenn Nathan arbeiten muss und es eilig hat. Danach wäscht sie ihr Gesicht, kackt vielleicht eine Runde und setzt sich dann an den Tisch in der kleinen Küche, isst etwas Obst aus der großen Plastikschüssel, holt den roten Filzstift aus ihrem Rucksack und löst auf einen Schlag alle Kreuzworträtsel. Und ich komme dann am Sonntag und sehe die Zeitungen, die überall verstreut liegen, und die Blumen – ich wusste nicht mehr, welche sie diesmal mitgebracht hatte, waren es Nelken? –, die in dem Marmeladenglas vor sich hin welken.

Nach einer Weile wurde mir auf dem Balkon wieder ungemütlich. Ich ließ den Stuhl stehen für den Fall, dass ich später noch einmal draußen sitzen wollte. Inzwischen war es zwei Uhr morgens, aber man konnte nicht wissen, was diese Nacht noch bringen würde. Ich schloss die Balkontür, ging zu Bett und löschte das Licht. Wieder musste ich an Sigalls Busen denken. Mir fiel ein, dass Nogga auch so einen Busen hatte, und eine Sekunde vor dem Einschlafen ermahnte ich mich, am nächsten Morgen auf keinen Fall den Salat zu vergessen, den ich fürs Mittagessen zubereiten wollte.

Wir saßen zu dritt am Küchentisch und aßen schweigend. Früher hatten wir nie schweigend gegessen, und die ungewohnte Stille war wie ein dominantes Gewürz, das die Joghurtsuppe, den Braten und die Kartoffeln ungenießbar machte. Mein Vater schwitzte ohne Unterlass, und meine Mutter rückte den Ventilator näher heran. Während mein Vater sich eine kleine Kartoffel in den Mund schob, tropfte ihm der Schweiß von der Stirn auf den Teller. Meine Mutter fragte, ob es ihm gutgehe, und er nickte und lobte ihr Essen. Meine Mutter holte ein sauberes Geschirrtuch aus der einstigen Problemschublade, die sich mittlerweile ohne Probleme öffnen und schließen ließ, benetzte es und reichte es meinem

Vater mit den Worten: »Hier, Jack, wisch dir das Gesicht ab. Du bist ja patschnass.«

Als wir mit dem Essen fertig waren, stand mein Vater auf, um abräumen zu helfen, doch meine Mutter nahm ihm den Stapel Teller, den er eingesammelt hatte, aus der Hand und sagte: »Setz dich, Jack, setz dich. Gäste brauchen nicht zu helfen.«

Er ging ins Wohnzimmer. Das Geschirrtuch und den Ventilator nahm er mit. Er schloss das Gerät an die Steckdose des Fernsehers an, rückte den Sessel meiner Mutter direkt davor und ließ sich hineinfallen.

»Du siehst tatsächlich nicht gerade gut aus, Papa«, bemerkte ich. »Du bist ein bisschen blass. Bist du sicher, dass mit dir alles in Ordnung ist?«

»Völlig in Ordnung«, erwiderte er. »Es ist bloß furchtbar heiß heute.«

Meine Mutter brachte eine Torte herein. Sie entschuldigte sich, dass sie keine Zeit zum Backen gehabt habe, daher habe sie eine Schwarzwälder gekauft.

»Für Maja, Jack. Du solltest davon lieber nichts essen. Sie enthält sehr viel Zucker.«

Enttäuscht betrachtete mein Vater die Torte. Meine Mutter erklärte, sie werde etwas Obst für ihn waschen. Als sie wieder in der Küche verschwunden war, schnitt mein Vater die Torte an – ein großes Stück für mich und ein kleines Stück für sich. Ich vergaß, ihn dafür zu tadeln, obwohl: ›vergaß‹ stimmte vielleicht nicht ganz, ich war nur innerlich viel zu sehr mit meiner verlorenen Ahnungslosigkeit und der damit verbundenen seelischen Neuorientierung beschäftigt. Oder es war mir inzwischen einfach egal. Mein Vater war schließlich erwachsen, sollte er doch essen, was er wollte, und das Leben genießen.

Ich hörte das Wasser in der Küche plätschern, und beobachtete meinen Vater, der gierig sein Tortenstückchen verschlang.

Meine Mutter trug eine Glasschale voller Obst herein – Äpfel, Aprikosen, Pfirsiche, an denen noch Wassertröpfchen perlten – und einen Teller mit Melonenwürfeln und drei kleinen Gabeln, die in den obersten drei Würfeln steckten. Auf der Stirn meines Vaters perlte der Schweiß, doch sein Gesicht strahlte, er wirkte fast glücklich. Die Torte hatte ihm ausgezeichnet geschmeckt, und er sammelte mit den Fingerspitzen die Krümel auf und schob sie sich genüsslich in den Mund.

Meine Mutter sah erst meinen Vater und dann mich vorwurfsvoll an.

»Iss Melone, Jack. Iss du mal lieber Melone statt Torte«, sagte sie und hob die Schale und den Teller hoch, als würde diese Geste den Früchten einen höheren Rang verleihen, doch mein Vater lächelte nur nachsichtig, dann wurde sein feuchtes Gesicht blass, der Kopf kippte zur Seite, und mein Vater verlor das Bewusstsein.

Meine Mutter stand noch einen Moment lang mit der Obstschale in der einen und dem Melonenteller in der anderen Hand da und wusste nicht, wohin damit. Ich stürzte zu meinem Vater. Er war zwar bewusstlos, aber er umklammerte wie im Krampf noch immer mit beiden Händen den Rand des Tellerchens mit den klebrigen Resten der Schwarzwälder Torte.

Als der Krankenwagen eintraf, war mein Vater wieder bei Bewusstsein und entschuldigte sich umständlich. Der Sanitäter maß seinen Blutdruck und sagte, der sei in Ordnung.

»Er ist Diabetiker«, sagte ich.

»Es ist doch nichts passiert«, sagte mein Vater.

Der Sanitäter stellte noch ein paar Fragen, wie alt mein Vater sei und ob er in letzter Zeit öfter das Bewusstsein verloren habe. Ich antwortete, er sei siebzig, woraufhin meine Mutter mich korrigierte: »Einundsiebzig. Er hatte im Mai Geburtstag.« Mein Vater starrte vor sich hin, als ob ihn die ganze Sache nichts angehe. Der Sanitäter wiederholte seine Frage, ob er in letzter Zeit öfter das Bewusstsein verloren habe, und meine Mutter sagte: »Nein. Nie.«

»Doch«, murmelte mein Vater.

»Du hattest öfter solche Aussetzer, Jack? Wann?«

»Ein paarmal.«

»Wann, Herr Lieberman?«, hakte der Sanitäter nach und machte sich sofort daran, meinem Vater den Puls zu fühlen, und als er neben ihm niederkniete und sein Handgelenk hielt, murmelte mein Vater abermals: »Ein paarmal.«

»Vielleicht sollten wir ihn zur Notaufnahme bringen?«, fragte meine Mutter.

»Nicht nötig«, sagte mein Vater.

»Nicht nötig«, echote der Sanitäter. »Der Blutdruck ist normal. Aber Sie müssen sich jetzt mal ein bisschen kümmern, Frau Lieberman, Sie und Ihre Tochter müssen seinen Zustand überwachen. Sorgen Sie dafür, dass er

Flüssigkeit zu sich nimmt. Er soll viel Wasser trinken. Besonders heute, wo es heiß ist. Und Sie, Herr Lieberman, sollten sich jetzt vielleicht im Schlafzimmer ein wenig hinlegen.«

»Ja«, meinte mein Vater. »Ich bin in der Tat etwas erschöpft.«

»Kommen Sie, wir helfen Ihnen hoch«, sagte der Sanitäter, beugte sich über meinen Vater und griff ihm unter die Achseln, um ihn aus dem Sessel zu hieven. Mein Vater ging, vom Sanitäter sanft am Ellbogen gestützt, langsam und mit kleinen Schritten ins Schlafzimmer. Meine Mutter flüsterte mir zu, ich solle ihr in die Küche folgen. Sie krallte mir ihre Fingernägel in den Arm und erklärte, mein Vater dürfe die Nacht auf keinen Fall allein verbringen.

Das sei mir auch klar, sagte ich, und dass ich bei ihm bleiben würde. Sie sagte, sie würde ihm gern anbieten, hier zu übernachten, aber das Sofa sei sehr unbequem, weil man immer schier darin versinke.

»Und mit mir in einem Bett«, fuhr sie fort und deutete mit dem Kopf und einem erschrockenen Gesichtsausdruck in Richtung Schlafzimmer, »das halte ich für keine gute Idee.«

Ich sagte, das könne ich gut verstehen, aber wir sollten ihn ein bisschen schlafen lassen, weil es jetzt zu heiß sei, um aus dem Haus zu gehen, und sie pflichtete mir bei: »Natürlich, keine Frage.« Dann kam der Sanitäter in die Küche und gab uns Anweisungen. Er erklärte meiner Mutter, dass sie ein Auge auf ihn haben solle, dass mein Vater jetzt zwar schlafe, aber dass man ihm, wenn er wieder aufstehe, unbedingt etwas zu trinken geben müsse, notfalls solle man ihn zwingen, und auch in der Nacht müsse man ihn wecken und ihm zu trinken geben, und meine Mutter sagte: »Ja, vielen Dank, ich werde dafür sorgen, dass er trinkt.«

Meine Mutter begleitete den Sanitäter zur Tür, wobei sie ihm wiederholt dankte, und ich ging nachsehen, was mein Vater machte. Er lag auf der Seite, bis zur Hüfte von einem geblümten Leintuch bedeckt; sein Mund stand offen, er hatte eine Hand unter seinen Kopf geschoben, die andere lag schlaff auf seinem Oberschenkel, und seine Finger zitterten im Schlaf. Der Sanitäter hatte ihm zum Blutdruckmessen einen Ärmel aufgerollt; der Arm war übersät von Mückenstichen. Auf Zehenspitzen ging ich wieder hinaus, aber mein Vater rief mich zurück.

»Schläfst du nicht?«, fragte ich.

»Ich döse nur ein bisschen«, erwiderte er. Und als hätte er das Gespräch zwischen mir und meiner Mutter in der Küche belauscht: »Maja, du brauchst nicht bei mir zu übernachten. Das ist überflüssig.«

»Du sollst ja auch bei mir schlafen, Papa. Das ist für dich viel bequemer.«

»Überflüssig«, wiederholte er. »Ich will dir nicht zur Last fallen.«

»Du fällst mir nicht zur Last, Papa.«

»Hast du nichts vor?«

»Heute nicht.«

»Bist du sicher?«

»Ich bin sicher, Papa. Es ist völlig in Ordnung. Du

kannst dich bei mir ein bisschen ausruhen. Wir sehen zusammen fern, und ich mache uns etwas Leichtes zu essen. Ich habe ganz viel Gemüse im Haus. Und dann sehen wir, wie du dich morgen fühlst.«

»Verderbe ich dir damit nicht deine Pläne fürs Wochenende?«, murmelte er ins Kopfkissen.

»Nein, du verdirbst mir überhaupt nichts«, erklärte ich und bückte mich, um ihn auf die Stirn zu küssen. »Ich habe heute nichts vor. Morgen vielleicht. Aber was morgen ist, sehen wir morgen.«

»Du bist ein gutes Kind«, meinte er schläfrig.

»Schlaf jetzt, Papa«, sagte ich und ließ den Rollladen herab.

»Ein Engel«, murmelte mein Vater, und ich verließ leise das Zimmer.

12

Am Ende des Sommers teilte Talli uns mit, sie sei wieder schwanger.

»Meine Schwester ist schwanger«, erzählte ich Nathan eines Nachts, als wir auf das Flachdach hinaustraten, um frische Luft zu schnappen. Wir standen barfuß auf dem gekalkten Boden, der noch immer warm war, und Nathan blickte hinunter auf die Straße und fragte, ob es ihr erstes Kind sei. Ich antwortete, nein, schon das dritte, und er fragte, wie alt Talli denn sei. Drei Jahre jünger als ich, sagte ich, und nun würde sie bald für jedes Jahr, das sie jünger war als ich, ein Kind haben. Er nickte und schaute weiterhin unbeirrt nach unten auf die Straße, und mir wurde klar, wie wenig er über mich wusste.

»Talli hat einen zweieinhalbjährigen Sohn und eine sieben Monate alte Tochter«, fing ich an zu erzählen. »Ihr Mann, Jossi, ist Informatiker und verdient eine Menge Geld. Sie sind vor sieben Jahren in die USA gezogen.«

Ich hatte plötzlich das Bedürfnis zu erzählen.

»Sie leben in Florida«, fuhr ich fort. »Talli sagt, wenn sie noch einen Jungen kriegen, nennen sie ihn Jonathan. Wenn es ein Mädchen wird, wissen sie noch nicht, wie es heißen soll. Sie schwanken noch zwischen Kim und Naomi. Der Große heißt Michael, aber amerikanisch ausgesprochen: ›Meikl‹. Die Kleine haben sie Jennifer genannt. Sie kommen sowieso nicht wieder. Wie soll man mit einer Tochter, die Jennifer heißt, zurück nach Israel ziehen?«

Nathan fand den Namen Jennifer trotzdem schön. Dann fragte er, ob ich mir auch Kinder wünschte.

»Ja, sehr«, erwiderte ich, und er erzählte mir, dass Sigall sich ebenfalls Kinder wünsche.

Seit dem Wochenende der Wahrheit sprachen wir über sie ohne Hemmungen. Als ich am späten Sonntagabend, nachdem ich meinen Vater wieder in seine Wohnung gebracht hatte, bei Nathan aufgetaucht war, hatte ich mich an den Tisch in der kleinen Küche gesetzt und eines der Kreuzworträtsel zur Hand genommen, um nachzusehen, ob noch etwas ungelöst geblieben war. Aber sie hatte alles gelöst, und ich hatte zu Nathan gesagt: »Sigall ist eine Kanone.«

Er wusste nicht, wie er darauf reagieren sollte. Er lächelte verlegen, als hätte mein Kompliment ihm gegolten und nicht der jungen Frau, die er liebte. An dem Tag hatte er mich nach der Arbeit nicht angerufen, und er wirkte ziemlich überrascht, als ich wie üblich gegen neun Uhr bei ihm aufkreuzte. Er öffnete die Tür, legte mir tröstend eine Hand auf die Schulter und fragte, ob ich ein Bier wolle. Ich nickte und setzte mich an den Tisch, auf dem sich die Zeitungen stapelten.

Ich fragte, wie das Wochenende mit Sigall gewesen sei, und während er mir eine Flasche reichte, sagte er, es sei schrecklich gewesen. Sigall habe sich eine Lebensmittelvergiftung zugezogen, und sie hätten den ganzen Samstag in der Notaufnahme zugebracht.

»Wir waren in einem Fischrestaurant«, erzählte er. »Wir haben ihren Geburtstag gefeiert.«

Ihre Portion Fisch sei anscheinend nicht ganz frisch gewesen. Gegen ein Uhr morgens habe sie dann angefangen, sich wiederholt zu übergeben. Erst hatten sie noch gehofft, es würde irgendwann von selbst aufhören, aber das sei nicht der Fall gewesen.

»Die Arme«, sagte Nathan, »ich habe die halbe Nacht mit ihr vor der Kloschüssel gestanden.«

Um fünf Uhr morgens habe er ein Taxi bestellt und sie zur Notaufnahme gebracht. Sigall sei schon am Austrocknen gewesen und habe Fieber gehabt, und Nathan sagte, sie wäre fast gestorben.

»Du hättest sie sehen sollen«, sagte er. »Sie war wirklich schlimm dran.«

In der Notaufnahme hatte man sie an den Tropf gehängt und sie bis Samstagabend zur Beobachtung dabehalten. Sie war erst heute Morgen zurück in den Kibbuz gefahren; er habe ihr gestern die Heimreise strikt untersagt, obwohl sie sich schon viel besser gefühlt habe.

»Es sind immerhin dreieinhalb Stunden Fahrt mit zweimal Umsteigen«, meinte er.

Stattdessen hatte er ihr geraten, auch heute Abend noch bei ihm zu bleiben, sicherheitshalber und zu seiner eigenen Beruhigung, aber sie hatte sich dagegen gesträubt: sie habe im Kibbuz eine Menge zu tun. Sie hatte versprochen, ihn gleich nach der Ankunft anzurufen, und ich war ihr insgeheim dankbar und dachte: Ein Glück, dass sie im Kibbuz so viel zu erledigen hat, sonst hätte es mir blühen können, dass ich sie heute noch mal hier antreffe.

Wir vögelten, als wäre nichts gewesen. Beim Sex stellte ich mir Nathan mit Sigall im Bett vor. Es beruhigte mich zu wissen, dass sie es am Wochenende wegen Sigalls Lebensmittelvergiftung nicht miteinander getrieben hatten. Danach stand Nathan auf, ging nackt in die Küche, holte eine Flasche mit kaltem Wasser und trank daraus mit großen Schlucken. Er legte sich neben mich auf die Matratze und küsste mich auf die Schulter. Seine Lippen waren kalt. Er freue sich, dass ich vorbeigekommen sei, sagte er. Und es tue ihm leid, dass alles so passiert sei, wie es passiert sei. Er legte seine Hand auf meine Schulter, drückte sie ein wenig und wiederholte, er freue sich, dass ich beschlossen hätte vorbeizukommen.

Obwohl bereits Spätsommer war, hatte die Hitze noch nicht nachgelassen, und während wir auf dem Flachdach standen, um frische Luft zu schnappen, erzählte ich von Talli und ihrer neuen Schwangerschaft. Ich erzählte von ihren Kotzanfällen und davon, dass wir in unserer Kindheit immer und überall Spucktüten dabeihaben mussten. Nathan sagte, nach dem Samstag, den er mit Sigall in der Notaufnahme verbracht habe, wisse er, wie schrecklich es sei, wenn man sich ständig übergeben müsse, und dass man mit Fisch wirklich vorsichtig sein sollte.

»Ja«, bestätigte ich, »besonders im Sommer.«

Wir standen auf dem Flachdach, weil es in der Wohnung viel zu stickig war. Ich sagte, ich betete, dass der Sommer endlich vorbeigehe. Nathan pflichtete mir bei.

»Ich hasse den Sommer«, bekräftigte ich, und er fand, dieser Sommer sei wirklich unerträglich gewesen. Ich fragte ihn, wie alt Sigall sei, und er antwortete: »Sechsundzwanzig.« Sie sei gerade sechsundzwanzig geworden.

»Ach, richtig, ihr habt ja ihren Geburtstag gefeiert – in diesem Fischrestaurant.«

Ich wollte wissen, wann sie plane, Kinder zu kriegen, und er erwiderte, sie habe es nicht eilig. Jetzt, wo wir einmal mit Reden angefangen hatten, mussten wir damit weitermachen. Es war anstrengender als alles, was wir sonst zusammen taten. Er schwieg eine Weile; er suchte wohl nach einem interessanten Thema, über das wir uns unterhalten konnten. Ob Talli und ich einander ähnlich sähen, wollte er wissen. Ich schüttelte den Kopf.

Wem ich denn gliche, meiner Mutter oder meinem Vater? Keinem von beiden, erwiderte ich, aber es gebe Leute, die zwischen mir und meiner Mutter eine gewisse Ähnlichkeit sähen. Dann erkundigte er sich, was meine Eltern machten.

Ich antwortete, sie seien beide im Ruhestand. Mein Vater sei Steuerberater gewesen, meine Mutter habe keine Karriere gehabt. Sie habe ein paar Jahre als Telefonistin in dem Steuerberaterbüro gearbeitet, in dem mein Vater angestellt gewesen sei, und so hätten sie sich kennengelernt. Das fand Nathan romantisch. Ich sagte, weniger romantisch, als es sich anhöre, und wiederholte meine Frage, ob dieser Sommer wohl je ein Ende haben würde.

Er meinte: »Natürlich, irgendwann muss doch Schluss sein.«

Ich überlegte, ob ich ihm auch ein paar Fragen stellen sollte, über seine Familie vielleicht, was die Eltern machten, ob er Geschwister habe, wo er aufgewachsen sei. Ich dachte: Da stehen wir nun mitten in der Nacht auf dem Dach und führen eine höfliche Unterhaltung. Aber ich wollte ihm keine Fragen stellen. Ich wusste alles, was ich zu wissen brauchte, und mehr wollte ich gar nicht wissen.

Ich wusste, dass Nathan seit fünf Jahren eine Freundin hatte und sie anscheinend sehr liebte. Ich wusste, dass er in einer Gärtnerei arbeitete und keine großen Ambitionen hatte. Ich wusste, dass er sich weder aus Obst noch aus Kreuzworträtseln etwas machte. Ich wusste, dass er oberhalb der Pospalte und am Hintern einen blonden Flaum hatte. Ich wusste, dass auch ich in letzter Zeit keine großen Ambitionen hatte, und mir wurde klar, dass ich ihn anscheinend doch sehr liebte.

Mir fiel ein, dass er noch nie meine Wohnung gesehen hatte und nicht einmal wusste, wo ich wohnte. Er kannte nur meine Telefonnummer, und auch die wusste er noch immer nicht auswendig. Ich dagegen wusste: Wenn ich eine Lebensmittelvergiftung gehabt hätte – er hätte mich ohne weiteres mit dem Bus nach Hause fahren lassen, wenn ich darauf bestanden hätte. Er hätte sich mir nicht in den Weg gestellt und mich auch nicht gebeten, nach meiner Ankunft Bescheid zu sagen, dass ich gut angekommen sei. Ich wusste ganz genau, dass es zwei Sorten Frauen gab auf dieser Welt: solche, um die man sich irgendwie immer kümmern will, und andere, bei denen das nicht der Fall ist. Ich wusste, dass ich zur zweiten Sorte gehörte, und das machte mich plötzlich traurig. Ich wusste, es war nur eine Frage der Zeit – höchstens ein oder zwei Jahre –, dann würden Nathan und Sigall eines schönen Sommerabends auf einem mit Heu beladenen Wagen, vor den ein bunt geschmückter Gaul gespannt war, zu ihrer Hochzeitszeremonie fahren, die unter freiem Himmel vor dem Speisesaal ihres Kibbuz irgendwo im Norden stattfinden würde. Und ich wusste: ›die Andere‹, das bin ich.

13

Meine Mutter wollte mir unbedingt etwas schenken. Eines Tages hatte sie frühmorgens bei mir angerufen, mich aus dem Schlaf gerissen und erklärt, sie wolle mit mir zum Einkaufszentrum, um ein Geschenk für mich zu besorgen.

»Wieso?«, hatte ich gefragt, und sie hatte erwidert: »Einfach so, Maja, ich brauche doch keinen Grund, um dir ein Geschenk zu machen. Ich bin deine Mutter.«

Wir fuhren also zum Einkaufszentrum und schlenderten von Laden zu Laden; ich fand einen schrecklicher als den anderen. Sie sagte, ich hätte freie Wahl.

»Was du willst«, meinte sie, »tob dich aus.« Über dieses ›Tob dich aus‹ aus ihrem Mund musste ich unwillkürlich lachen.

Wir spazierten gemächlich an den Schaufenstern vorbei und sahen uns Kleider und Schuhe an, auch Haushaltswaren kamen in Frage, und meine Mutter stand geduldig neben mir, beobachtete mich aus dem Augenwinkel und verfolgte, wie ich nach dieser einen Sache fahndete, an der ich meine Freude haben würde.

»Und?«, flüsterte sie immer wieder. »Es gibt so viele schöne Sachen hier. Ist nichts dabei, was dir gefällt?«

Ich schlug vor, eine Pause einzulegen und Kaffee trinken zu gehen. Ich sagte, die Vielfalt erschlage mich und ich könne mich nicht entscheiden. Außerdem, fügte ich hinzu, täten mir die Füße weh.

»In deinem Alter? Du bist viel zu jung, um Probleme mit den Füßen zu haben.«

Ich sagte, es liege vielleicht an der Hitze und dass dieser Sommer unerträglich sei. Sie pflichtete mir bei, auch ihr mache dieser Sommer arg zu schaffen. Wir nahmen die Rolltreppe nach oben. Ich ging vor ihr ab und wartete an der obersten Stufe, bereit, ihr meine Hand zu bieten, doch diesmal stolperte meine Mutter nicht. Sie setzte ihren Fuß, der in einer orthopädischen Sandale steckte, sicher auf den festen Boden, lächelte mich trotzig an, als hätte sie die ganzen letzten Monate im Geheimen auf der Rolltreppe geübt. »Und du hast schon gedacht, deine Mutter sei ein hoffnungsloser Fall.«

»Habe ich gar nicht«, wehrte ich mich.

»Hast du wohl, und wie. Aber macht nichts, komm, ich lade dich auf einen Kaffee ein.«

Wir saßen in dem Café mit den schlechten Kuchen und den schlimmen Erinnerungen, und meine Mutter bestellte einen Strudel zum Kaffee. Ich wollte nur Kaffee. Sie sagte: »Das machst du wohl mit Absicht.«

»Was mache ich mit Absicht?«, fragte ich.

»Dass du nie etwas dazu bestellst«, erwiderte sie.

Ich sagte, das sei nicht wahr, ich hätte einfach keinen Hunger.

»Wann isst du eigentlich?«

»Ich esse schon, mach dir keine Sorgen. Man sieht mir doch wohl an, dass ich esse.«

»Ich mache mir keine Sorgen«, erklärte sie. »Es ist nur – ich wollte dich einladen, und du lässt mich nicht.«

»Wenn dir so viel daran liegt, dann bestelle ich eben etwas.«

»Was hast du, Maja?«, fragte sie. »Was ist los mit dir in letzter Zeit? Du kommst mir irgendwie bedrückt vor.«

»Ich bin nicht bedrückt«, gab ich zurück. »Ich bin nur müde, und mir ist heiß, und ich hasse den Sommer. Und mir tun die Füße weh.«

Ich rief nach der Bedienung und bestellte eine Quarktasche.

Meine Mutter sagte, sie begreife nicht, wie ich den Geschmack dieser Quarktaschen ertragen könne, sie würden nach Waschpulver schmecken, es sei das mieseste Gebäck, das dieses Café zu bieten habe, und ausgerechnet das müsse ich mir aussuchen.

»Wieso tun dir die Füße weh?«, fragte sie, und ich erklärte zum wiederholten Mal, dass es an der Hitze liege, ich hätte heute zu Fuß bei meinem Vater vorbeigeschaut, weil der Wagen in der Werkstatt sei.

»Was fehlt ihm?«, fragte sie.

»Nichts«, antwortete ich. »Inspektion. Zehntausend Kilometer.«

Nachdem meine Mutter den Strudel aufgegessen hatte, bestellte sie ein Glas Wasser. Sie bat die Bedienung, auch eines für mich zu bringen.

»Trink, Maja«, sagte sie, »in dieser Hitze muss man immerzu trinken.«

Sie sagte, sie habe mich heute nicht nur eingeladen, um mir ein Geschenk zu kaufen. Das sei nur der Vorwand gewesen, um ein wenig Zeit mit mir zu verbringen. Sie brauche in einer dringenden Angelegenheit meinen Rat, danach würden wir uns weiter nach einem Geschenk umsehen.

»Ich lasse dich nicht ungeschoren davonkommen. Du gehst hier nicht mit leeren Händen raus.«

»Meinen Rat? Worum geht's denn?«, fragte ich.

»Ich war bei einer Psychologin«, fing sie an und wurde rot und führte das Glas an ihre Lippen, um die Worte zu ertränken, die ihr soeben aus dem Mund geschlüpft waren.

»Du bist in Therapie?«, fragte ich und nippte ebenfalls an meinem Glas.

»Ich bin einmal die Woche bei ihr.«

»Bei wem bist du?«, fragte ich.

»Das spielt keine Rolle, Maja. Jemand hat sie mir empfohlen.«

»Wer?«

»Nachdem Papa und ich uns haben scheiden lassen, hat Talli am Telefon zu mir gesagt –«

»Talli?«, fragte ich.

»Ja, Talli«, erwiderte sie und bestellte noch ein Glas Wasser. »Talli fand, ich solle zum *counselling* gehen, so hat sie das genannt. Sie hat gesagt, in Amerika gehen alle zum *counselling* und dass das keine Schande sei. Eine Scheidung sei immerhin ein großer Schritt im Leben, hat sie gesagt, da wäre es gut für mich, wenn ich jemanden hätte, mit dem ich darüber reden könnte.«

»Und das hast du gemacht.«

»Ja«, sagte sie. »Sie ist eine Bekannte von Tallis Freundin Michal. Sie hat mit ihr zusammen Psychologie studiert.«

»So jung? In Michals Alter?«, staunte ich.

»Na und? Das Alter ist unwichtig.«

»Du gehst zu einer Achtundzwanzigjährigen in Therapie?«

»Ich sehe darin kein Problem«, erklärte meine Mutter. »Talli hat gesagt, sie sei sehr gut. Und sie macht wirklich einen sehr sympathischen und reifen Eindruck.«

»Warum hast du mir nie davon erzählt?«, fragte ich. »Du bist seit sechs Monaten in Therapie und erzählst mir kein Wort?«

»Ich weiß auch nicht«, erwiderte sie. »Vielleicht hatte ich Angst, du könntest denken, ich sei depressiv. Ich wollte nicht, dass du dir Sorgen machst.«

»Warum erzählst du es mir dann plötzlich jetzt?«

»Ah! Das ist genau der Punkt, in dem ich mich mit dir beraten wollte«, sagte sie. »Orna und ich sprechen in letzter Zeit –«

»Orna? Die Psychologin?«

»Ja. Orna findet, dass ich die Scheidung vielleicht noch einmal überdenken sollte«, fuhr meine Mutter fort. »Dass ich … sie hat es nicht ausdrücklich gesagt, aber … dass ich vielleicht etwas voreilig war.«

»Geht es dir schlecht allein?«, wollte ich wissen. »Gehst du deshalb in Therapie?«

»Nein. Gott behüte. Ich komme prima zurecht. Du siehst doch, dass ich wunderbar zurechtkomme.«

»Wo liegt dann das Problem?«

Vor meinem geistigen Auge sah ich eine junge Psychologin, jünger als ich, die in einer klimatisierten Praxis, die sie mit zwei, drei anderen jungen Psychologen teilt, mit übereinandergeschlagenen Beinen meiner Mutter gegenübersitzt, ständig nickt und ihr die verschiedensten Erkenntnisse aus der Nase zieht, die meine Mutter anschließend im Bus, auf dem Nachhauseweg, in ihr Heft schreibt, um sie ja nicht wieder zu vergessen.

»Es gibt kein Problem«, antwortete meine Mutter. »Warum bist du so aggressiv, Maja? Ich will doch einfach nur mit dir darüber reden. Du bist schließlich meine Tochter, oder nicht? Wenn ich mit dir nicht reden kann, mit wem dann?«

»Tut mir leid«, sagte ich.

»Mir ist vorhin schon aufgefallen, dass du heute schlechte Laune hast, Maja«, erklärte meine Mutter. »Ich kenne dich gut genug.«

»Okay«, meinte ich. »Lassen wir das. Erzähl weiter, was Orna sagt.«

Meine Mutter war froh, auf ihre Psychologin zurückkommen zu dürfen, und nahm den Faden wieder auf. »Sie denkt, dass das, was ich gemacht habe – die Scheidung –, vielleicht nur dazu dienen sollte, mich an deinem Vater zu rächen.«

»Wofür?«, fragte ich.

»Für seine ›Andere‹«, sagte sie und nippte wieder an ihrem Glas.

»Violette?«

»Ja, diese – diese – Violette«, bestätigte meine Mutter, und ihre Schultern verkrampften sich wie vor Schmerz.

»Du hast ihr von Violette erzählt?«

»Wir reden viel über sie.«

»Aber sie ist tot, Mama. Seit über dreißig Jahren. Was gibt es da zu rächen? Was hat er dir getan?«

»Das ist der Punkt, über den wir jetzt sprechen, gerade gestern war das unser Thema, Ornas und meines. Ich sage dir, sie ist gut. Sehr reif. Es gibt vieles, worüber ich mir nie so richtig Rechenschaft abgelegt habe. Alles Mögliche, was ich lieber unter den Teppich gekehrt habe, wie Orna das so schön nennt. Dein Vater, Maja, hat mich nicht immer gut behandelt. In den ersten Jahren unserer Ehe ging es mir ganz schön dreckig. Wegen dieser – dieser – Violette, die plötzlich einfach tot war… Für deinen Vater eine Mordstragödie. Für mich war es allerdings auch eine Tragödie, so mit ihm zu leben. Von ihr geredet hat er nie, aber sie war die ganze Zeit da, im Hintergrund, wie ein Bild an der Wand. Aber ich hatte so viel um die Ohren, ich hatte dich und Talli und war sehr mit euch beschäftigt und habe versucht, möglichst nicht darüber nachzudenken.«

»Worüber?«

»Über euren Vater und diese – diese – Violette«, sagte sie und hatte Mühe, den Namen auszusprechen. »Ich wusste, dass er sie sehr geliebt hatte… Irgendwann wart ihr groß und seid aus dem Haus gegangen, und ich hatte auf einmal mehr Muße zum Nachdenken. Und da hat ein Gedanke mich nicht mehr losgelassen: dass ich für euren Vater nur ein Kompromiss gewesen bin. Ein Kompromiss. Nichts weiter.«

»Hat Orna dir das gesagt?«, fragte ich. »Dass du ein Kompromiss warst?«

»Nein. Gott behüte. Orna würde so etwas nie sagen. Sie weist mir nur die Richtung. Wie ein Verkehrspolizist. Sie ist wirklich sehr sympathisch.«

»Und die Scheidung – alles nur Show?«, fragte ich.

»Nein! Wie kommst du darauf?! Hältst du deine Mutter für total verrückt? Gott behüte – eine Show. Ich habe wirklich gedacht, es würde mir besser gehen ohne ihn. Jahrelang war ich sein Kompromiss, und mit der Zeit ist er dann auch zu meinem Kompromiss geworden. Erst die Liebe meines Lebens und irgendwann mein Kompromiss. Das ist doch traurig, findest du nicht? Ach ja, so ist es nun mal im Leben, ich beklage mich nicht. Aber ich habe mir gedacht: Vielleicht ist es besser, wenn ich allein bin. Wozu brauche ich deinen Vater neben mir, der mich ständig daran erinnert, dass ich nur ein großer Kompromiss bin. Ich habe mir gesagt: Lieber bin ich allein, als ein Kompromiss zu sein.«

»Und was ist jetzt auf einmal anders?«

»Nichts«, erklärte sie und starrte auf die Strudelkrümel auf ihrem Teller. »Dein Vater ist krank.«

»Du auch«, warf ich ein.

»Ja, ich auch. Und wir sind keine kleinen Kinder mehr.«

»Nein«, bestätigte ich, »ihr seid keine kleinen Kinder mehr.«

»Und weil wir keine kleinen Kinder mehr sind, sollten wir uns vielleicht auch wie erwachsene Menschen benehmen.«

Wir schwiegen eine Weile. Meine Mutter fuhr fort, auf ihren Teller zu starren und mit den Fingerspitzen Krümel zu zerdrücken. Ich beobachtete die Leute, die um uns herum saßen, Frauen und Männer mit bunten Einkaufstüten neben sich, Glanzplastiktüten mit Namen von Boutiquen, Buchläden, Schuhgeschäften und Lädchen für Haushaltswaren. Meine Mutter seufzte und zündete eine Zigarette an. Die Bedienung räumte unseren Tisch ab und fragte, ob sie das Wasser noch stehen lassen solle.

»Ja, ja, es ist so schrecklich heiß heute«, sagte meine Mutter und lächelte die Kellnerin entschuldigend an.

»Hast du Angst vor dem Alleinsein?«, wollte ich wissen.

Meine Mutter schwieg.

»Hast du Angst?«, wiederholte ich.

»Ein bisschen«, erwiderte sie. »Vielleicht habe ich doch ein bisschen Angst vor dem Alleinsein.«

»Und jetzt willst du von mir wissen, ob du und Papa es noch einmal miteinander versuchen solltest?«

»Ich wollte deinen Rat hören.«

»Papa würde bestimmt wollen.«

»Ja, das weiß ich auch. Aber ich bin mir nicht sicher, was ich will.«

»Eben hast du gesagt, du willst nicht allein sein.«

»Ja«, bestätigte sie und nahm einen letzten Schluck von ihrem Wasser. »Ich will nicht allein sein. Nicht in meinem Alter.«

»Und was meint Talli dazu?«

»Ich habe sie nicht gefragt«, erwiderte meine Mutter. »Sie hat für solche Sachen keine Zeit.«

»Aber dich zu Psychologen zu schicken, dafür hat sie Zeit«, stichelte ich.

»Maja!«, empörte sich meine Mutter. »Du könntest langsam aufhören, immer über Talli herzuziehen. Sie hat ihr Leben, und du hast deines. Ihr seid verschieden.

Und wir haben euch beide lieb, Papa und ich haben euch beide lieb.«

»Dann versucht es doch noch einmal miteinander«, meinte ich. »Rede mit Papa und sag ihm, was du fühlst.«

»Ja«, sagte sie, »ich werde ihm sagen, was ich fühle. Wir besuchen ihn demnächst und reden mit ihm. Ich bin froh, dass ich mich mit dir beraten habe, Maja. Jetzt komm, wir bestellen die Rechnung. Ich zahle. Nimm deine Hand aus der Tasche.«

Meine Mutter zahlte und gab der Bedienung ein großzügiges Trinkgeld. Ich fand das übertrieben, aber meine Mutter meinte: »Ach was, sie war doch sehr nett«, obwohl die Kellnerin nicht übermäßig freundlich gewesen war. Meine Mutter benahm sich jetzt, als hätte sie auf einmal entdeckt, dass die Welt doch ein ganz netter und freundlicher Ort war, mit vielen Möglichkeiten zum Glück. Nur schade, dass sie das nicht schon früher gewusst hatte.

Wir standen auf, verließen den Cafébereich und fuhren mit der Rolltreppe ins Erdgeschoss des Einkaufszentrums. Ich musste noch mein Auto von der Werkstatt abholen. Ich brachte meine Mutter zu ihrem Bus und überquerte die Straße, um zu meinem Bus zu gelangen. Sie rief mir hinterher: »Dann reden wir demnächst mit Papa, ja?«

Ich rief ein »Ja!« zurück und rannte los, um meinen Bus noch zu erwischen. Am Ende hatten wir doch kein Geschenk für mich gekauft. Ich setzte mich hinter den Fahrer und blickte durch das Fenster zur anderen Straßenseite. Dort ließ sich meine Mutter gerade neben einer alten Frau nieder, die ihr auf der Bank im Wartehäuschen Platz machte.

14

Sie unterrichteten mich ganz nebenbei von ihren Hochzeitsplänen. Wir saßen zu dritt am Tisch in der Küche mit den Pflanzen und der angenehmen Brise und aßen etwas Leichtes – Quark, Zopfbrot und Omelett mit Zwiebeln –, weil es für eine gekochte Mahlzeit viel zu heiß war. Das Omelett hatte Amir zubereitet. Er hatte die Zwiebeln geschnitten und dabei vor sich hin gepfiffen und sich die Tränen abgewischt. Nogga sagte, es gehöre zu seinen häuslichen Aufgaben, Omeletts zu braten, Zwiebeln zu schneiden und dabei diese anspruchslosen Melodien vor sich hin zu pfeifen, die er sich beim Kochen immer ausdachte.

Wieder einmal saß ich an einem Freitagnachmittag bei Nogga und Amir in der Küche und ließ mich verköstigen. Wieder war es draußen brütend heiß und in ihrer Küche angenehm. Nogga und Amir hatten eine Theorie, die etwas mit Windrichtungen zu tun hatte, aber ich hielt es für reine Glückssache. Sie hatten mit ihrer Wohnung einfach Glück gehabt.

Nogga stöhnte, sie habe sich überfressen, hob ihr T-Shirt an – es war eines von Amir – und tätschelte ihren Bauch. Amir räumte die Teller in die Spüle. Er füllte Wasser in den Elektrokocher, stellte sich hinter Noggas Stuhl, umklammerte die Lehne und ließ den

Stuhl wippen. Nogga bat ihn, das zu lassen. Sie würde noch umkippen, wenn er weitermachte. Amir presste seine Lippen an ihren Hals und ließ die Lehne los. Dann legte er seine Hände auf Noggas Schultern und massierte sie. Nogga erklärte abermals, sie habe sich überfressen. Sie sah hoch zu Amir und fragte, warum sie so viel gegessen habe, und Amir küsste sie auf die Nasenspitze. Der Schalter des Wasserkochers klackte, und Amir fragte, was wir trinken wollten. Nogga sagte, sie wolle nichts, sie sei viel zu voll, und ich antwortete: »Kalten Kaffee.« Amir fand kalten Kaffee eine prima Idee, das würde er auch trinken, und fragte Nogga, ob sie es sich nicht noch einmal anders überlegen wolle.

»Nein«, erwiderte Nogga, »ich bleibe bei meiner Entscheidung.«

Da legte Amir seine Hände auf ihre Stuhllehne, ließ erneut den Stuhl wippen und verkündete: »Wir heiraten nämlich.«

»Amir!«, rief Nogga empört.

»Was denn?«, fragte er und wühlte mit der Hand in ihrem Haar.

»Das wollte ich doch erzählen«, schmollte sie und schüttelte ihn ab. »Und hör auf damit, ich mag das nicht!«

Amir nahm seine Hand aus ihrem Haar, goss ein wenig heißes Wasser in die beiden Becher und rührte den Kaffee um.

»Ich hab's nicht mehr ausgehalten. Bis du endlich den Mut aufbringst, es Maja zu erzählen, haben wir wahrscheinlich schon die Scheidung hinter uns«, erklärte er.

Nogga massierte ihren Bauch.

»Musst du immer so maßlos übertreiben«, maulte sie, und ich sagte: »Herzlichen Glückwunsch.«

Amir öffnete den Kühlschrank und holte die Milch heraus. »Seit einem Monat überlegt sie hin und her, wie sie es dir am besten verklickern soll.«

»Hör auf!«, jammerte Nogga.

»Doch, echt«, lachte er, »sie quält sich schon seit einem Monat damit herum.«

»Aber wieso?«

»Weil es ihr peinlich ist.«

»Hörst du vielleicht endlich auf mit deinem Geschwafel?«, schnaubte Nogga, und Amir schob wieder seine Hand in ihr Haar.

»Mann!«, schrie sie und packte ihn am Handgelenk. »Du weißt genau, dass ich das nicht leiden kann. Warum machst du das die ganze Zeit?«

»Weil's mir Spaß macht«, erwiderte er. »Es macht mir Spaß, dich zu ärgern.«

»Heirate bloß nie«, sagte Nogga zu mir.

»War es dir wirklich peinlich?«, wollte ich wissen.

»Es ist nicht so, wie es sich anhört. Denk ja nicht, dass das jetzt so eine Art Verschwörung ist. Nein, Spaß beiseite. Ich wusste nicht, wie ich's dir sagen soll. Wir haben uns Hals über Kopf dazu entschlossen. Vor ungefähr einem Monat. Ziemlich spontan. Und außer den Eltern haben wir noch niemandem was erzählt.«

»Sie hatte Angst, es könnte dich eifersüchtig machen«, erklärte Amir. »Oder dich womöglich in eine Depression stürzen.«

»So ein Blödsinn«, protestierte Nogga.

»Aber ich freue mich doch«, sagte ich. »Wirklich. Von ganzem Herzen. Es braucht euch nicht peinlich zu sein.«

»Echt nicht?«, fragte sie und sah hoch zu Amir, der hinter ihr stand und ihren Stuhl wippen ließ. »Bist du sicher?«

»Ja!«, erklärte ich. »Was für eine Frage.«

Nogga zündete eine Zigarette an und warf das Streichholz in die Spüle. Amir holte eine Eiswürfelschale aus dem Tiefkühlfach. »Nach der Hochzeit hört sie auf zu rauchen.«

»Dafür heiraten wir nämlich«, spottete Nogga. »Damit ich aufhöre zu rauchen.«

»Und wann soll die Hochzeit stattfinden?«

»Im September«, antworteten sie wie aus einem Mund.

Amir schlug die Eiswürfelschale auf die Arbeitsplatte und meinte: »Wenn du bis dahin noch mit diesem Scheißkerl zusammen bist, mit dem du da immer ausgehst, kannst du ihn mitbringen. Dann kriegen wir ihn endlich mal zu Gesicht.« Einer der Eiswürfel, der sich aus der Schale gelöst hatte, war hinter den Kühlschrank geflogen, und Amir bückte sich, um ihn herauszufischen.

»Ich gehe nicht mit ihm aus«, erklärte ich.

»Stimmt, die machen nie auch nur einen Schritt vor die Tür«, frotzelte Nogga.

»Wieso? Ist er geizig?«, wollte Amir wissen.

»Mit seinen Gefühlen«, lachte Nogga und blies den Rauch aus. Ich lachte mit ihr mit und beobachtete Amir, der inzwischen auf allen vieren nach dem Eiswürfel fahndete. Nogga meinte, er könne das ruhig bleibenlassen, das Eis würde sowieso schmelzen. Amir gab zurück, er wolle keine Pfützen unterm Kühlschrank. Ich beobachtete ihn, während er in seinen Shorts um den Kühlschrank herumkroch. Genau wie Nathan hatte auch Amir einen Haarflaum oberhalb der Pospalte. Vielleicht war es dieser Flaum, dachte ich, der mich dazu gebracht hat, mich in Nathan zu verlieben, und dass es immer wegen solcher Kleinigkeiten war, dass man sich verliebte. Amir war klein und dünn und seine Rückenbehaarung schwarz. Ich fragte mich, ob ich mich genauso gut in Amir hätte verlieben können. In Amir mit seinen dünnen Beinen, der eingefallenen Brust und den hervorstehenden Rippenbögen, Noggas Amir mit dem schwarzen Flaum oberhalb der Pospalte. Die Antwort war ein klares Ja.

»Und wann im September?«, erkundigte ich mich. »Vor den hohen Feiertagen?«

»Natürlich«, antwortete Nogga. »Danach ist ja schon gleich Winter.«

»Wir sind noch auf der Suche nach einer Location mit einem großen Garten«, sagte Amir.

»Ich kenne ein paar vom Hörensagen«, meinte ich. »Ich könnte mich für euch erkundigen.«

»Wir haben auch schon einige im Visier«, gab Amir zurück. »Morgen wollen wir uns ein bisschen umsehen. Hast du Lust mitzukommen?« Ich lehnte dankend ab. Ich müsse zu Hause noch arbeiten, sagte ich, ich hätte Berge von Material zu lesen.

»Falls du es dir bis morgen anders überlegst: Wir

fahren bestimmt nicht vor vier Uhr los«, meinte Nogga, und zu Amir: »Stimmt's?«

»Vier oder fünf«, bestätigte Amir, »wenn die Hitze etwas nachlässt. Vielleicht gehen wir davor noch ans Meer.«

Das Gespräch verstummte vorübergehend. Amir gab die Suche nach dem Eiswürfel auf und sagte zu Nogga: »Dann gibt's eben eine Pfütze unter dem Kühlschrank.« Er stellte die beiden Becher mit kaltem Kaffee auf den Tisch und rührte hektisch um. Die Eiswürfel klingelten in den Bechern. Amir stand zwischen Nogga und mir am Tisch und rührte so lange in dem Kaffee, bis Nogga stöhnte.

»Hör endlich auf«, sagte sie und streichelte die Mulde oberhalb seiner Pospalte, »sonst kriege ich noch Kopfschmerzen.« Amir warf den Kaffeelöffel in die Spüle und nahm seine Tasse mit ins Wohnzimmer. Nogga fuhr fort, auf ihrem Stuhl zu kippeln und zu rauchen und ihren Bauch zu massieren.

Ich trank meinen Kaffee und schwenkte die Eiswürfel im Becher. Nogga sah mich an, und ich lächelte zurück.

»Du freust dich nicht wirklich für mich«, meinte sie, aber ich bekräftigte noch einmal, dass ich mich wirklich freute. Sie könne sehr gut verstehen, fuhr sie fort, wenn ich mich nicht wirklich freute, und ich wiederholte noch einmal: »Doch, ich freue mich. Ich freue mich wirklich.«

»Wir kriegen gleich noch Besuch«, sagte sie, »Freunde von Amir.«

Sie habe überhaupt keine Lust auf diesen Besuch, seufzte sie, aber so sei das eben, wenn man zusammenlebe. Man müsse alle möglichen Kompromisse machen. Ich könne mir gar nicht vorstellen, wie viele.

»Das sind zwei solche Langweiler. Und Oberspießer. Seit zwei Monaten verheiratet, aber benehmen sich, als würden sie demnächst goldene Hochzeit feiern. Bleib doch noch, dann können wir in der Küche über sie herziehen.« Ich erklärte abermals, ich müsse gehen, ich hätte noch Berge von Arbeit zu Hause. Dann beugte ich mich vor und umschloss Noggas Hand – die linke, die mit den Silberringen, deren Reihen sich im Laufe der letzten Monate verdichtet hatten. Zu den mir bekannten Ringen waren drei neue hinzugekommen: einer von Amir, einer von Noggas Mutter und einer von Amirs Mutter anlässlich der bevorstehenden Hochzeit. Ich drückte Nogga also die Hand und sagte: »Wirklich, Nogga, herzlichen Glückwunsch, von ganzem Herzen.« Dann standen wir auf und umarmten einander, und ihr krauses Haar berührte meine Wange. Es war ganz weich und roch nach Shampoo und Zwiebeln.

15

Ich saß in meinem Auto vor Ornas Praxis im Parterre eines neuen, marmorverkleideten Wohnhauses im Norden der Stadt und wartete auf meine Mutter. Es war vier Uhr nachmittags. Wir hatten meinem Vater für kurz nach vier unseren Besuch angekündigt. Er hatte darauf bestanden, dass die Begegnung bei ihm stattfand. Meine Mutter hätte ihn lieber zu sich eingeladen. »Komm doch in die Wohnung«, hatte sie zu ihm gesagt, aber mein Vater war hart geblieben. Er ziehe seine Wohnung vor. Als ich ihm erzählt hatte, dass meine Mutter mit ihm über eine Rückkehr reden wolle, hatte er gemeint: »In Ordnung. Ich habe nichts dagegen, darüber zu reden, wenn sie das will – aber bei mir.«

Meine Mutter sollte ihn in der gemieteten Wohnung sehen, die er so sehr hasste und die er noch immer nicht möbliert hatte. Ich glaube nicht, dass er wollte, dass meine Mutter ihn bemitleidete. Ich glaube, er wollte ihr durchaus zugestehen, ein für alle Mal abzurechnen. Er brauchte keine Orna, die ihm erklärte, dass meine Mutter die Scheidung verlangt hatte, um sich für Violette zu rächen. Ihre Rache an ihm sollte perfekt sein. Er wollte ihr zeigen, dass er seine Strafe abgesessen hatte.

Meine Mutter kam aus dem Gebäude. Ich hupte einmal kurz und winkte ihr zu. Sie stieg ein, schloss den Sicherheitsgurt, zündete eine Zigarette an und sagte kein Wort. Ich fragte mich, worüber sie in der klimatisierten Praxis im Parterre des Marmorhauses wohl gesprochen hatten, meine Mutter und Orna. Meine Mutter trug eines ihrer feinen Kleider – ein ärmelloses Sommerkleid mit aufgedruckten Dreiecken. Sie seufzte und starrte durch das Seitenfenster nach draußen. Sie war in der nachdenklichen Stimmung, in die man nach einer Therapiesitzung häufig verfällt.

Als wir in die Straße einbogen, wo mein Vater wohnte, sagte sie, eigentlich sei das eine ganz schöne Straße. Ich parkte vor seinem Haus, und sie fragte: »Das da?« Ich antwortete: »Ja.«

Es war ein hässliches, heruntergekommenes Haus. Als meine Mutter den mit Steinplatten ausgelegten Weg zum Eingang entlangging, fiel ihr Blick auf die Propangasflaschen, die Mülltonnen und die klapprigen alten Briefkästen. Sie erkundigte sich, ob es hier keinen Hausbeirat gebe, und ich sagte: »Anscheinend nicht.« Sie blieb stehen und musterte die Briefkästen, bis ihr Blick am Briefkasten meines Vaters hängenblieb. JACOB LIEBERMAN in Druckbuchstaben auf einem Klebeschild, und darüber ein weiteres Schild mit der Aufschrift: nitzan allon – zoom-in productions.

»Warum hat er das nicht abgemacht?«, fragte meine Mutter und berührte mit dem Nagel ihres Zeigefingers das Klebeschild des Vormieters, als wollte sie von mir die Erlaubnis, es abzuziehen. Ich klopfte sacht an die Wohnungstür meines Vaters, und meine Mutter wollte wissen, wieso es hier keine Klingel gebe. Ich erklärte, es gebe ja eine, aber sie sei defekt, und sie meinte, das müsse man umgehend reparieren lassen, so etwas dürfe man nicht über längere Zeit vernachlässigen, das würde sich rächen. Noch einmal klopfte ich an die Tür. Meine Mutter stand hinter mir und hielt ihre kleine Handtasche an die Brust gedrückt.

»Warum macht er nicht auf?«, flüsterte sie in meinen Nacken.

Mein Vater öffnete die Tür. Er war bleich und unrasiert.

Wir traten ein, und er schloss hinter uns die Tür.

Meine Mutter blieb in der Diele stehen und musterte von dort aus die wenigen Möbel, die im Wohnzimmer standen. Sie deutete mit dem Kinn auf die beiden Stühle und meinte: »Die sind von uns, nicht wahr? Hast nicht du die mal von zu Hause mitgenommen?« Und mein Vater erklärte: »Maja hat sie mir geliehen, bis ich eingerichtet bin.«

Ich ging in die Küche, um mit dem Tauchsieder Kaffee zu kochen. Mein Vater und meine Mutter blieben, die Stühle musternd, im Wohnzimmer stehen, bis meine Mutter in die Küche kam und fragte: »Warum dauert das denn so lange?«

»Weil er nur einen Tauchsieder hat. Ich muss jede Tasse einzeln machen«, erwiderte ich.

»Schade, dass es in dieser Küche keinen Tisch und Stühle gibt«, meinte sie. »Dann könnten wir hier sitzen. Hell genug ist es ja. Warum kauft er sich nicht einen Teekessel? Er hätte von uns einen mitnehmen können. Wir haben zwei. Er weiß, dass wir einen in Reserve haben. Ich habe ihm gesagt, er kann mitnehmen, was er will. Warum hat er ihn nicht mitgenommen?«

Dann fragte sie, ob mir aufgefallen sei, dass mein Vater sich heute nicht rasiert habe. Das habe er mit Absicht gemacht, um sie zu ärgern, fuhr sie fort. Um noch erbärmlicher zu wirken. Ich sagte, in letzter Zeit achte er nicht so sehr auf seine Rasur. Sie probierte ihren Kaffee, um zu prüfen, ob er süß genug war, und erklärte, ich bräuchte ihr über meinen Vater nichts zu erzählen, sie kenne ihn schließlich besser als ich.

Wir gingen zurück ins Wohnzimmer; meine Mutter

hielt ihre Tasse mit den Fingerspitzen, und ich trug meine Tasse und die für meinen Vater, der mit dem Gesicht zum Fenster auf einem der Stühle saß. In der westlichen Wand war ein hohes, rechteckiges Schiebefenster, das meist geschlossen blieb, weil es auf den Weg zum Hauseingang, die Mülltonnen und die Propangasflaschen ging.

Meine Mutter setzte sich auf den anderen Stuhl. Aus Gewohnheit schob sie ihn auf meinen Vater zu, hielt jedoch in einigem Abstand von ihm unvermittelt inne, stellte ihre Tasse auf den Fußboden und durchwühlte ihre Handtasche nach ihren Zigaretten. Sie zog eine aus der Packung, nahm das Feuerzeug in die Hand, ließ es anspringen und brachte das Feuer in die Nähe ihrer Zigarette. Dann nahm sie plötzlich die Zigarette wieder aus dem Mund, hielt meinem Vater, mit dem Daumen den Zündknopf des Feuerzeugs niederdrückend, die Flamme hin und fragte: »Darf man hier rauchen, Jack?«

Er nickte. »Es gibt hier aber keinen Aschenbecher«, sagte er, und darauf ich: »Ich organisiere dir gleich was.«

»Unter der Spüle sind Joghurtbecher. Davon kannst du einen nehmen«, rief mein Vater mir hinterher, und meine Mutter, die sich freute, dass sie die Erlaubnis bekommen hatte, ihre Zigarette anzuzünden, nahm einen langen Zug, blies den Rauch wieder aus und fragte: »Warum sammelst du leere Joghurtbecher, Jack?« Er erwiderte: »Als Aschenbecher für Gäste.«

Ich brachte meiner Mutter einen Joghurtbecher, und sie nahm ihn auf den Schoß, wo sie ihn auf ihrer Lacktasche balancierte.

»Soll ich das Fenster ein bisschen aufmachen, Papa?«, fragte ich.

»Besser nicht«, antwortete er. »Es ist laut, und es stinkt nach Gas.«

»Gibt es hier keinen Hausbeirat?«, wollte meine Mutter wissen.

»Keine Ahnung«, antwortete mein Vater.

»Anscheinend nicht«, sagte ich.

»Das ist nicht gut«, meinte sie und bückte sich nach ihrer Kaffeetasse.

»Es hat auch seine guten Seiten«, wandte ich ein. »Weniger Kosten. Weniger Ärger.«

»Oh, Jack! Beinahe hätte ich vergessen zu erzählen ...!«, stürzte sich meine Mutter auf das Gesprächshäppchen, das ihr gerade zugefallen war. »Wir haben einen neuen Hausbeirat! Hat Maja dir davon erzählt? Und weißt du, wer den Vorsitz macht?«

Mein Vater reagierte nicht; er zuckte nur mit den Schultern, wie ein Kind, das sein Interesse nicht offen zeigen will. Die Arbeit im Hausbeirat war für meinen Vater immer das Krönchen im Königreich seiner Erledigungen gewesen. Jahrelang hatte er zur Freude des gesamten Hauses freiwillig den Vorsitz übernommen. Er hatte Hefte geführt und Quittungen ausgestellt. Bei seinem Umzug hatte er die Hefte und Quittungsblöcke mitgenommen; sie lagen jetzt, in einen braunen Umschlag verpackt, am Boden seines Koffers im Schlafzimmer. Meine Mutter verkündete: »Grinboim!«

»Grinboim?«, echote er.

»Ja, Jacky. Grinboim! Ob du's glaubst oder nicht.

Eine Katastrophe! Eine Riesenkatastrophe. Wir wissen nicht mehr weiter!«

Sie versuchte, ihm zu schmeicheln, indem sie seine empfindlichsten Punkte berührte. Meinem Vater zu sagen, dass der neue Beiratsvorsitzende eine Katastrophe war, dass Grinboim von vorn bis hinten keine Ahnung hatte, dass er vergaß, durchs Haus zu gehen und Geld einzusammeln, und wenn er doch daran dachte, nie Quittungen dabeihatte, und dass dem Haus schon zweimal beinahe das Wasser abgedreht worden war, weil Grinboim etwas verbockt hatte – das war, als wenn sie ihm sagte, dass sie ihn vermisse. Und nicht nur sie. Alle. Das gesamte Haus.

Mein Vater verdaute die Botschaft, ohne ein Wort zu sagen. Ich saß an die Wand gelehnt auf dem Fußboden, umschlang meine Knie, trank meinen Kaffee und sagte: »Na, jetzt reicht's aber langsam mit dem Smalltalk.«

Beide sahen mich traurig und verwundert an.

Ich wagte den Anfang. »Papa, du bist nicht bei bester Gesundheit.«

»Maja hat recht«, pflichtete meine Mutter mir bei. »Du musst auf dich aufpassen.«

»Auch du bist nicht bei bester Gesundheit«, sagte ich zu meiner Mutter. »Du weißt genau, dass so ein Infarkt sich wiederholen kann.«

»Ja«, gab sie zurück, »aber ich mache mir darüber keine Gedanken. Man muss leben, Maja, zu viel nachdenken ist nicht gesund.«

»Aber wir sind hier, um das Problem zu lösen«, erklärte ich. »Um eine praktische Regelung zu finden.«

Auf einmal fühlte ich mich wie eine völlig überforderte Beiratsvorsitzende – sozusagen der Grinboim meiner Eltern –, die vor den einzigen beiden Parteien im Haus steht: zwei dickköpfigen, zerstrittenen Parteien.

»Papa, Mama hat gesagt, sie sei bereit, über eine Rückkehr nachzudenken.«

»Aber nur auf Probe!«, betonte meine Mutter und brannte ein Loch in den Joghurtbecher, als sie ihre Zigarette darin ausdrückte. »Nur auf Probe, Jack.«

Und da bäumte sich mein Vater plötzlich auf. Ich hätte wissen müssen, dass es so kommen würde. Schon seit einer ganzen Weile hatte ich beobachtet, dass seine Schultern sich mit Spannung luden. Er wandte sich an meine Mutter.

»Ich brauche keine Gefälligkeiten von dir, Dwora. Ich bitte dich: Spar dir deine Gefälligkeiten.«

Ich stand auf und öffnete das Fenster, weil es im Zimmer unerträglich wurde – dann schon lieber der Gestank von Müll und undichten Propangasflaschen. Ich lehnte mich wieder an die Wand und sagte: »Hört auf damit. So kommen wir nicht weiter. Ihr benehmt euch ja wie zwei kleine Kinder. Wir sind hier, um zu reden, nicht um zu streiten. Gestritten habt ihr schon genug in eurem Leben. Dreißig Jahre Krieg und Frieden. Habt ihr nicht langsam die Nase voll?«

Sie schwiegen einen Augenblick, dann erklärte mein Vater: »Wir haben nie gestritten.«

Und meine Mutter, die auf seine Worte hereinfiel und fest daran glaubte, dass er auf ihrer Seite war, pflichtete ihm bei: »Stimmt, Maja. Dein Vater hat recht. Wir haben nie gestritten. Das musst du uns schon zugutehalten – gestritten haben wir nie.«

»Jedenfalls nicht, wie es sich gehört«, fuhr mein Vater fort, und meine Mutter zog die Augenbrauen zusammen und fragte: »Was soll das heißen: ›nicht, wie es sich gehört‹?«

»Nicht, wie es sich gehört«, wiederholte er. »Du weißt ganz genau, was ich meine.«

»Nein«, sagte sie empört, »ich weiß nicht, was du meinst. Ich habe nie gewusst, dass es sich gehört zu streiten, Jack. Wo steht geschrieben, dass es sich gehört zu streiten? Aber sag mir doch, wie das geht, ›streiten, wie es sich gehört‹. Sag's mir, wenn du so ein Experte darin bist. Wie geht das, ›streiten, wie es sich gehört‹?«

Wieder herrschte Stille. Mein Vater starrte auf das Fenster, das ich geöffnet hatte; man konnte draußen die Dächer der parkenden Fahrzeuge und die Köpfe von Passanten sehen. Plötzlich heulte die Alarmsirene eines geparkten Wagens los und wollte nicht mehr aufhören, oder vielleicht hatten wir sie auch jetzt erst wahrgenommen, ebenso wie den Gestank von Müll und ausströmendem Gas, und mein Vater wandte Kopf, Hals und Schultern meiner Mutter zu und zischte: »Mit Leidenschaft, Dwora. So geht ›streiten, wie es sich gehört‹.«

Ich lehnte an der Wand und starrte auf den Fußboden. Ich hatte das Gefühl, einen der höchst seltenen intimen Momente im Leben meiner Eltern mitzuerleben, und zweifellos auch einen der feierlichsten. Es war, als wäre ich wegen eines schlechten Traums zu ihnen ins Schlafzimmer gelaufen und hätte sie in flagranti beim Sex ertappt. Sie saßen vor mir auf den beiden hässlichen Stühlen, in den Klamotten, die ich kannte – meine Mutter in ihrem Kleid mit den Dreiecken, mein Vater in seiner braunen Hose und einem langärmeligen weißen Polyesterhemd –, und doch waren beide nackter, als ich sie je gesehen hatte.

»Mit Leidenschaft, Dwora. Streiten muss man mit Leidenschaft!«, wiederholte mein Vater und richtete seinen Blick wieder starr auf das Fenster. »Wir haben immer nur pflichtbewusst gestritten. Immer haben wir uns benommen wie ein Paar, das weiß, wann es angebracht ist zu streiten und wann nicht. Ich habe nie erlebt, dass du mich angeschrien hättest, Dwora, richtig laut, aus dem Bauch heraus, von ganzem Herzen, nicht bloß dieses halblaute Gestichele und bissige Bemerkungen über dieses oder jenes.«

»Du bist auch kein unbeschriebenes Blatt«, zischte meine Mutter und zündete noch eine Zigarette an. »Du bist alles andere als ein unbeschriebenes Blatt, Jack! Und das weißt du ganz genau. Als ob es nur meine Schuld wäre. ›Leidenschaft‹! Wo nimmst du nur plötzlich diese grandiosen Worte her, mit denen du da um dich wirfst? Woher nimmt er plötzlich solche Worte, Maja?«

»Das musst du gerade sagen«, gab er zurück. »Wo doch dein ganzes Leben ein Abklatsch von irgendwelchen Disney-Filmen ist. Große Worte sind deine Spezialität, Dwora, das – und noch so manches andere.«

»Was denn noch?«, fragte meine Mutter alarmiert. »Sag's mir, Jack, was noch?«

»Willst du es wirklich wissen?«, fragte er. »Willst du wirklich, dass ich es dir sage? Meinst du, dein schwaches Herz macht das mit?«

»Na, sag's doch! Hör auf mit deinen Spitzfindigkeiten, und rede endlich Klartext!«, rief sie und sprang auf. Der angekohlte Joghurtbecher und ihre Tasche landeten auf dem Fußboden. Das Brandloch war bis auf die Tasche durchgegangen und hatte ein kreisrundes Mal in den Lackbezug gebrannt.

»Na los, raus damit!«, rief sie und stemmte die Hände in die Hüften. »Spuck's aus, Jacob, und zwar alles! Jetzt, wo du endlich gelernt hast zu reden.«

Mein Vater stand auf. Ich dachte, gleich läuft er weg. Aber er bückte sich, hob seinen Stuhl hoch und setzte ihn so wieder auf den Boden, dass er mit dem Gesicht zu meiner Mutter saß, die vor ihm auf und ab ging, wie sie es vor der Kuchenvitrine im Café gerne tat.

Er räusperte sich immer wieder, als wäre jedes Räuspern eine Gelegenheit, seine Sätze umzuformulieren oder sie doch lieber für sich zu behalten, und dann sagte er ganz ruhig: »Erstens, Dwora: Als wir damals geheiratet haben, da hast du mich gar nicht geliebt.«

»Jack–«, setzte sie zur Gegenrede an, und ihre Stimme zitterte, als hätte sie gerade erst bemerkt, dass ich mit ihnen im Zimmer war. »Was redest du da, Jack? Sag mir, was du da redest. Unsere älteste Tochter findet dieses schreckliche Zeug und den ganzen Blödsinn, den du da von dir gibst, bestimmt hochinteressant, Jack. Was für ein unglaublicher Blödsinn! Stimmt's, Maja? Findest du das nicht auch hochinteressant?«

Ich gab keine Antwort. Ich starrte auf die alten Steinplatten und versuchte krampfhaft, sie zu zählen.

»Dwora«, sagte mein Vater, »ich habe keine Lust, mir diese ganzen alten Geschichten von dir noch mal von vorn anzuhören – wie du jahrelang in mich verliebt warst, wie du jeden Morgen aufgeregt in der Telefonzentrale gehockt und gelauert hast, bis ich ins Büro kam, wie du immer darauf gewartet hast, mir Telefonate durchstellen zu können, wie du innerlich gebetet hast, dass meine Frau sich eines Tages in Luft auflösen würde, wie du jeden Tag Blumen gekauft hast, um mich auf dich aufmerksam zu machen. Früher haben mir diese Geschichten geschmeichelt, Dwora, ich gebe es zu. Aber heute brauche ich diese Lügen nicht mehr.«

»Ich habe nicht gelogen, Jack«, widersprach sie, und ihre Augen füllten sich mit Tränen. »Ich habe dich wirklich geliebt.«

»Nein«, sagte er, »du wolltest heiraten, Dwora, und das verstehe ich gut. Aber geliebt hast du mich nicht. Du warst schon zweiunddreißig, und du wolltest eine Familie. Ich verstehe das sehr gut, Dwora. Du wolltest eine Familie.«

»Aber ich habe dich geliebt, Jack! Bei allem, was mir teuer ist – ich habe dich geliebt! Du kannst die Angestellten im Büro fragen. Frag Judith! Judith kann es dir sagen. Frag Malka! Malka war meine Freundin. Sogar Herrn Horowitz kannst du fragen. Selbst Herr Horowitz weiß Bescheid. Frag Maja. Auch sie kann es bezeugen.«

»Dwora«, sagte er weich, »du phantasierst. Hör endlich auf zu phantasieren – eine Frau in deinem Alter.«

Ich bekam eine Gänsehaut, und ein kindlicher Instinkt in mir verlangte danach, die Hände an die Ohren zu drücken. Meinen Vater sagen zu hören: »Du phantasierst.« Es lag eine beschämende Nacktheit in diesen Worten, und er spuckte sie aus, als würde er sich vor ihnen ekeln. Seine Stimme hatte etwas Grobes, Männliches und Triebhaftes, das nicht zu ihm passte, ebenso wenig wie die Stoppeln auf den Wangen und am Kinn, die im Gegensatz zu dem nur noch spärlichen weißen Haar auf seinem Kopf schwarz und borstig waren.

Meine Mutter brach in Tränen aus. Sie ließ sich wieder auf ihrem Stuhl nieder, der nun im rechten Winkel zu seinem stand, und weinte mit dem Gesicht zu mir und zur Wand. Sie machte sich nicht einmal die Mühe, ihre Tasche vom Fußboden aufzuheben – die Tasche mit dem Brandmal, das wie eine Tätowierung aussah –, um nach einem Papiertaschentuch zu suchen. Nach einer Weile sagte sie resigniert, aber nicht ohne Koketterie: »Ich meine noch immer, dass ich dich geliebt habe, Jack. So habe ich es jedenfalls in Erinnerung. Ich habe nicht geheiratet, ohne zu lieben. Das hätte ich nie getan.«

Und mein Vater, ungerührt: »Hör auf, Dwora, es spielt keine Rolle mehr.«

Meine Mutter zog die Nase hoch, wägte ab, ob es an der Zeit war, sich zu beruhigen oder nicht, richtete ihren Blick dann aber wieder auf meinen Vater und sagte: »Und das von dir, Jack, und das von dir!«

»Wenigstens habe ich dich nicht belogen.«

»Nein. Gelogen hast du nicht«, gab sie zurück. »Aber das ist es ja gerade. Du hast mir zu sehr die Wahrheit gesagt, Jack. Weißt du, wie das ist, all die Jahre so zu leben und zu wissen, dass du mich nicht liebst? Das ist viel schlimmer als Lügen. Ich habe dir wenigstens gesagt, dass ich dich liebe. Dich hat die ganze Zeit nur die Wahrheit interessiert. Immer nur die Wahrheit. Meine Gefühle nie.«

»Es hatte keinen Sinn zu lügen«, sagte er. »Es hatte keinen Sinn, Dwora. Das weißt du.«

»Was nützt mir das – Sinn? Du hättest mir das Leben ein bisschen leichter machen können. Nur ein kleines bisschen. Für mein Ego. Was nützt mir das jetzt – Sinn?«

»Es tut mir leid«, sagte er. »Ich weiß, dass du es nicht leicht hattest, aber du weißt, dass ich nicht gerne lüge. Es ist nicht meine Art.«

»Nein? Dann hättest du dich ein bisschen bemühen sollen. Weißt du, was es bedeutet, all die Jahre im Schatten dieser Violette leben zu müssen? Weißt du, was für eine Qual das war? Asiatische Foltermethoden sind ein Dreck dagegen! Und du hast nicht einmal zugelassen, dass ich erfahre, wie sie ausgesehen hat: Alle Fotos hast du verbrannt. Alles! Wie ein kleines Kind bist du losgezogen und hast im Hof ein privates Lagerfeuer veranstaltet.«

»Die Fotos habe ich nicht deinetwegen verbrannt«, verteidigte er sich.

»Das ist es ja!«, jammerte meine Mutter. »Nicht meinetwegen! Nicht für mich. Nichts! Alles immer nur deinetwegen! Für dich! Weil du ein Egoist bist. Weil du dir nicht vorstellen konntest, dass mich das vielleicht quält, dass ich mich nachts von einer Seite auf die andere wälze und Mutmaßungen darüber anstelle, wie sie wohl ausgesehen hat. Ich musste mich zum Gespött machen, jawohl, zum Gespött. Im Büro musste ich herumfragen, ob sie irgendwer gesehen hat in all den Jahren, vielleicht hat sie dir ja mal ein Sandwich vorbeigebracht? Aber niemand hat sie je zu Gesicht bekommen. Wieso, Jack? Wieso ist sie dich nie im Büro besuchen gekommen? Zehn Jahre wart ihr verheiratet. Ist das nicht merkwürdig, Jack? Findest du es nicht merkwürdig, dass sie nie vorbeigekommen ist?«

»Lass das jetzt«, bat er. »Ich bitte dich. Lass mich in Ruhe.«

»Ich will aber nicht!«, rief sie. »Ich will dich nicht in Ruhe lassen. Es steht mir zu, es zu erfahren. Ich habe ein Recht darauf.«

»Du hast überhaupt keine Rechte!«, schrie er. Er bebte nicht mehr. Er schrie nur noch. »Du hast deine Rechte verspielt. Wir sind geschieden. Hast du das vergessen? Du wolltest die Scheidung, jetzt hast du keine Rechte mehr. Vergiss deine Rechte!«

»Und ob ich welche habe! Ich habe ein Recht darauf zu erfahren, wie sie ausgesehen hat.«

Mein Vater schwieg. Draußen heulte noch immer die Sirene. Jemand ging zu den Tonnen und stopfte eine Tüte Müll hinein. Wir hörten das Rascheln der Tüten, als der Deckel der übervollen Tonne mit aller Macht niedergedrückt wurde.

»Bildhübsch, Dwora«, sagte mein Vater. »Sie war bildhübsch.«

Meine Mutter zog die Nase hoch, holte ein Papiertaschentuch aus ihrer Handtasche und tupfte sich die Augen ab.

»Sie war eine slawische Schönheit. Eine edle Schönheit. Mit blonden Haaren, die sie mit zwei Kämmchen zusammenhielt. So –«, demonstrierte mein Vater an seinem kahlen Kopf.

»Sie hatte hohe Wangenknochen«, fuhr er fort. »Und sie war groß, viel größer als ich, fast einen ganzen Kopf, wenn ich nicht übertreibe. Zu Anfang war mir das peinlich, aber dann habe ich mich daran gewöhnt, und es hat mir sogar gefallen –«

Ich hatte meinen Vater nie so verträumt und glücklich gesehen.

»Sie hat sich immer sehr elegant gekleidet. Und sie konnte nicht richtig Hebräisch. Ich habe versucht, es ihr beizubringen, aber sie hat immer nur gelacht und mit den Schultern gezuckt, wie ein kleines Mädchen – du kennst das ja gut, nicht wahr, Dworale? –, als wollte sie sagen: ›Will nicht.‹ Und ein Lächeln hatte sie, Dwora, schau, so –«

Mein Vater lächelte, um es meiner Mutter zu demonstrieren.

»Ich war verliebt in dieses Lächeln«, schloss er.

Meine Mutter hatte aufgehört zu weinen. Sie hielt dem Blick meines Vaters stand, und ihre Augen waren jetzt trocken.

»Warum hast du mir das alles erst jetzt erzählt?«, fragte sie. »Warum?«

Mein Vater schwieg. Er war völlig entspannt. Seine Schultern waren locker und versöhnt.

»Da, siehst du, wie du es mir hättest leichter machen können? Du hättest es mir ja so viel leichter machen können. Siehst du, deine arme erste Frau nimmt Gestalt an, wird Fleisch und Blut. Ein Mensch. Kein Gespenst. Ein Mensch! Mit einem Menschen wird man leichter fertig, Jack. Was hätte dich das gekostet? Was hätte es dich gekostet, mir das vor dreißig Jahren zu sagen?«

Aber mein Vater war ganz woanders. Er saß ruhig und entspannt auf seinem Stuhl, hoch auf den Flügeln der strahlend lächelnden Phantasie, die kein Hebräisch sprach: Violette.

Ich fragte, ob sie noch einen Kaffee wollten, aber sie reagierten nicht. Sie sahen einander nur stumm an. Ich fragte noch einmal: »Soll ich noch einen Kaffee machen?« Keine Antwort. Sie blickten einander fest in die Augen. Ich fragte ein drittes Mal: »Will noch jemand Kaffee?« Aber meine Stimme drang nicht zu ihnen durch; ihr elektrisch geladener Blick hatte eine unsichtbare Mauer um sie herum entstehen lassen.

»Dann mache ich eben nur einen für mich«, erklärte ich und ging in die Küche. »Sagt Bescheid, falls ihr es euch anders überlegt.«

Ich stand in der Küche und wartete darauf, dass das Wasser kochte. Der Tauchsieder lehnte am Rand der Tasse, und langsam kam Bewegung in das Wasser; um das Heizelement begannen sich kleine Bläschen zu sammeln. Ich ging zurück ins Wohnzimmer und sah meinen Vater und meine Mutter noch immer genauso dasitzen wie vor einigen Minuten. Regungslos starrten sie einander an. Ich erklärte, ich müsse jetzt gehen, doch sie nahmen keine Notiz von mir. Ich angelte meine Tasche vom Fußboden.

»Kannst du mit dem Bus nach Hause fahren?«, fragte ich meine Mutter. »Ich muss dringend los. Ich habe einen Termin in der Uni.«

Ich ging zurück in die Küche und zog den Tauchsieder aus der Steckdose. An der Wohnungstür rief ich: »Wir sprechen uns dann später. Okay? Ich rufe euch an.« Keine Reaktion. Meine Eltern wandten sich nur kurz um – von beiden ein geistesabwesender Blick und von meinem Vater ein Nicken, das allerdings nicht mir zu gelten schien, als hätte er jemand anderem zugehört und genickt. Ich ließ die Tür hinter mir ins Schloss fallen. Auf dem kurzen Weg vom Hauseingang zur Straße sah ich in dem rechteckigen Fenster noch einmal ihre beiden Köpfe.

16

Meine Eltern versuchten, jeder für sich, mich in der Nacht zu erreichen, um mir mitzuteilen, dass sie es noch einmal miteinander probieren wollten. Ich war bei Nathan und hörte meinen Anrufbeantworter nicht ab, obwohl ich wusste, dass beide mir eine Nachricht auf Band hinterlassen würden. Als ich um halb sieben Uhr morgens nach Hause zurückkehrte, zeigte mein Anrufbeantworter sechs Nachrichten an.

Die erste war von meinem Vater: »Maja, es ist jetzt acht Uhr, und Mama ist soeben gegangen. Ruf bitte zurück.«

Der zweite Anruf war von meiner Mutter. Sie sei soeben nach Hause gekommen und müsse unbedingt mit mir reden. Sie klang aufgeregt und abgekämpft. Im Hintergrund hörte ich die Stimme des Meteorologen aus dem Fernsehen. Die dritte Nachricht stammte ebenfalls von meiner Mutter. Sie fragte, wo ich denn steckte, und erklärte, sie gehe mit Sicherheit nicht vor zwölf Uhr ins Bett. Der vierte Anrufer war noch einmal mein Vater, der sagte, er mache sich Sorgen um mich, und die fünfte Nachricht kam wieder von meiner Mutter: »Maja, es ist gleich zwölf, und du bist nicht zu Hause. Ruf mich an, sobald du reinkommst, ja?«

Der sechste Anruf stammte ebenfalls von meiner Mutter. Sie teilte mir mit, dass sie und mein Vater es noch einmal miteinander versuchen wollten und dass sie jetzt schlafen gehe.

Es war früh am Morgen und noch frisch. Ich machte mir einen Kaffee und trank ihn auf dem Balkon. Ich musterte die Blumenkästen mit den Geranien, die vertrockneten, obwohl ich ihnen ständig Wasser gab. Irgendetwas stimmte nicht mit diesen Pflanzen. Sie wirkten immer trocken und mickrig und wollten nie richtig blühen. Ich hatte schon oft vorgehabt, die Blumenkästen mitsamt der Erde und den kränklichen Pflanzen darin zu entsorgen, aber ich hatte sie weiter an der Brüstung hängen lassen, aus Faulheit und vielleicht in der Hoffnung, dass die Pflanzen sich von selbst erholen würden, weil man von Geranien immer behauptete, sie seien nicht totzukriegen.

Ich saß auf dem Stuhl und trank meinen Kaffee. Ich

zupfte ein paar Blätter ab, die zwischen meinen Fingern zerbröselten und zu Staub zerfielen. Gestern Nachmittag, nachdem ich gegangen war und meine Eltern Aug in Auge in dem möbellosen Wohnzimmer zurückgelassen hatte, war ich zuerst unschlüssig gewesen, wohin ich wollte. Nathan war noch nicht von der Arbeit zurück, also musste ich wohl oder übel noch ein paar Stunden überbrücken. Nach Hause wollte ich nicht, weil ich wusste, dass meine Eltern bald wieder aus ihrem komatösen Zustand erwachen würden. Sie würden erwachen und eine Versöhnung vorfinden, die ebenso kraftlos und feindselig wäre wie der Streit selbst, und dann würden sie begreifen, dass das alles war, was sie verband: der Streit mitsamt dem Schimmel, den er in dreißig Jahren angesetzt hatte, und die erzwungene Versöhnung, die aus ihrem Alters- und Gesundheitszustand resultierte und die möglicherweise auch eine Ernüchterung von der kleinen Phantasie bedeutete, die sie, jeder für sich, all die Jahre gehegt hatten. Sie würden aufwachen und mich sofort anrufen, um mir mitzuteilen, dass sie beschlossen hätten, es noch einmal miteinander zu probieren, und keiner von beiden würde fröhlich klingen, und dann würden wir uns zu dritt umgehend daranmachen, die leichtere, die technische Seite der Versöhnung zu regeln. Wir würden uns gemeinsam darüber freuen, dass meine Mutter das Schloss doch nicht hatte auswechseln lassen und mein Vater noch immer den Schlüssel besaß, obwohl er ihn letztlich nie benutzen musste, weil er ihr, entgegen seinem Vorhaben, doch nie verbilligte Zigaretten besorgt hatte, und wir würden uns gemeinsam freuen, dass mein Vater keine Möbel besaß, nur einen halbausgepackten Koffer, ein paar Küchenutensilien, von denen meine Mutter sagen würde, er solle sie wegschmeißen, und den Tauchsieder sowie die beiden Stühle.

Ich fuhr zu Nogga. Ich wusste, dass Amir um diese Uhrzeit noch bei der Arbeit war und wir ungestört zusammen in der Küche sitzen könnten. Ich könnte ihr von meinen Eltern erzählen und danach von Sigall, und dann dürfte ich mir ihren Unmut darüber anhören, wieso ich ihr das nicht eher erzählt hätte, und müsste mich fragen lassen, warum ich Geheimnisse vor ihr hätte, was ich für eine Freundin sei, warum ich mich so kaputtmachte und ob ich eigentlich keine Selbstachtung mehr hätte.

Als ich in Noggas Straße einbog, sah ich Amirs Wagen vor dem Haus stehen. Ich nahm an, dass er ihn dagelassen hatte, wie immer, wenn Nogga Besorgungen machen musste. Ich parkte direkt dahinter und warf einen Blick hinein. Auf dem Rücksitz lagerten Kartons mit dem Stempel einer Druckerei – wahrscheinlich die Einladungen zur Hochzeit –, und vorne sah ich Amirs grüne Shorts, Noggas Strandlatschen und von der Sonne vergilbte Zeitungen.

Ich erklomm die Stufen zur Wohnung und klingelte an der Tür. Keiner machte auf. Ich klingelte abermals und wartete. Dann hörte ich barfüßige Schritte und Amir, der leise fragte: »Wer ist da?« Ich sagte: »Ich«, und er öffnete, ein Leintuch um die Lenden gewickelt, die Tür.

»Du bist zu Hause?«, fragte ich überrascht.

»Mhm«, sagte er, »ich bin heute nicht arbeiten gegangen. Ich bin krank.«

»Echt?«, fragte ich. »Was hast du?«

»Nichts Besonderes«, antwortete er, »nichts Ernstes.«

»Amir, wer ist da?«, fragte Nogga aus dem Schlafzimmer.

»Es ist Maja!«, rief er zurück, und Nogga rief: »Hi, Maja!«

»Habt ihr gerade geschlafen?«, fragte ich, aber ehe er antworten konnte, kam Nogga aus dem Schlafzimmer zur Tür gelaufen; sie streifte ein riesiges T-Shirt über und schmiegte sich von hinten an Amir.

»Wieso kommst du nicht rein?«, fragte sie.

»Komme ich ungelegen?«, fragte ich zurück und hasste mich für meine Frage.

»Nein«, brummte Amir und trottete, die Enden des Leintuchs umklammernd, zurück ins Schlafzimmer. »Wir waren bloß gerade am Vögeln.«

»Echt?«, fragte ich, als ich in die Küche trat. Nogga füllte den Wasserkocher, kratzte sich mit einem Fuß am anderen und meinte: »Ach, lass gut sein, Maja, ist doch egal.«

Sie holte Trauben aus dem Kühlschrank und fragte: »Was gibt's? Ist was Schlimmes passiert?«

Ich sagte, nein, ich sei nur gerade in der Gegend gewesen. Ich hätte gedacht, Amir sei noch bei der Arbeit.

»Er war heute nicht bei der Arbeit«, erklärte sie.

»Was hat er denn?«, fragte ich.

»Was weiß ich?«, meinte Nogga. »Keinen Bock zu

arbeiten. Wir haben einfach zu viel um die Ohren. Wir mussten die Einladungen von der Druckerei abholen. Oh, ich zeige dir, wie sie geworden sind. Amir! Wo sind die Einladungen?«

»Keine Ahnung!«, kam seine Antwort aus dem Schlafzimmer. »Wo ist meine Hose?«

»Welche?«, rief Nogga und wusch die Trauben unter dem Wasserhahn. »Die grüne?«

»Ja!«

»Hattest du die nicht gestern an, als wir ans Meer gefahren sind?«

»Weiß ich nicht mehr«, rief er zurück. »Aber ich finde sie jetzt nicht.«

Ich sagte nichts. Sie sollten nicht denken, dass ich jedes Mal, wenn ich kam, erst in Amirs Wagen schaute, der jetzt sandverstaubt unten stand, mit den Kartons von der Druckerei, Noggas Strandlatschen, Amirs grünen Shorts und den von der Sonne vergilbten Zeitungen – der Wagen, der in dem Augenblick für mich eine solche Intimität und ein derart großes Glücksgefühl symbolisierte, dass es viel schlimmer war, einen Blick hineinzuwerfen, als den Besitzer des Wagens beim Sex zu stören.

Wir redeten ein wenig über die Einladungen, und Nogga erzählte mir von dem Ärger, den sie der vielen Druckfehler wegen mit der Druckerei gehabt hatten. Sie räkelte sich mir gegenüber auf ihrem Stuhl, aß Trauben und gähnte. Sie würde nie wieder heiraten, erklärte sie. Selbst wenn sie sich eines Tages von Amir scheiden lassen würde – noch eine Hochzeit kam nicht in Frage. Es sei eine tierische Nerverei.

Amir kam in Unterhose in die Küche, und Nogga sah ihn an und musste kichern.

»Was denn?«, fragte er. »Vor Maja brauche ich mich doch nicht zu schämen. Maja gehört zur Familie, und ich finde meine grüne Hose nicht.«

»Sie ist unten«, sagte ich. »Ich habe sie in deinem Wagen liegen sehen. Und eure Einladungen auch.«

»Na, dann geh sie holen«, meinte Nogga. »Sonst werden sie womöglich noch geklaut.«

»Gleich«, erwiderte er. »Ich sterbe vor Hunger. Vom Sex kriege ich immer einen Mordshunger.«

»Amir!«, empörte sich Nogga.

Amir zwinkerte mir zu, öffnete den Kühlschrank und kroch fast hinein; gleichzeitig schob er eine Hand in seine Unterhose und kratzte sich am Hintern.

»Wir haben nichts da«, sagte er.

»Wir haben Trauben«, meinte Nogga.

»Keine Lust auf Trauben«, schmollte er und setzte sich neben mich. Er roch nach Schweiß und dem Parfüm, das ich Nogga zum Geburtstag geschenkt hatte.

»Na los, geh mal die Einladungen holen. Ich will Maja eine geben«, sagte Nogga. »Und meine Zigaretten kannst du auch gleich mitbringen.«

»Denk dran: Du hörst bald auf zu rauchen.« Amir verließ die Küche.

»Nach der Hochzeit«, rief sie ihm hinterher. »Ich habe noch einen vollen Monat, also lass mich in Ruhe!«

Amir kam in Jeans zurück in die Küche, schnappte sich seinen Schlüssel und verkündete, er gehe kurz zum Wagen.

»Soll ich noch irgendwas vom Minimarkt mitbringen?«, fragte er. Nogga schüttelte den Kopf. Er wiederholte, dass sie nichts im Haus hätten.

»Dann hol dir eben was. Und bring gleich noch ein paar Eis am Stiel mit«, sagte Nogga. Er fragte: »Sonst noch was?«, und sie gab zurück: »Nichts.« Er fragte auch mich, ob ich etwas wolle, und ich sagte ebenfalls: »Nichts.« Ich würde sowieso bald wieder gehen, fügte ich hinzu.

»Ich kaufe Hühnerbrust, dann können wir Schnitzel machen«, meinte Amir. Nogga stöhnte, sie habe Schnitzel langsam satt, jeden Tag dasselbe. Amir erklärte, er könne jeden Tag Schnitzel essen, außerdem habe er einen Mordshunger. Dann öffnete er die Kühlschranktür, um nachzusehen, ob noch Eier da waren.

»Wenn du das Standardmenü noch nicht satthast, kannst du gern zum Abendessen bleiben«, bot Nogga mir an und fügte hinzu: »Was sind wir doch für ein langweiliges Paar geworden.«

Ich sagte, eigentlich könne ich auch täglich Schnitzel essen, aber ich hätte mir eine Magenverstimmung zugezogen. Ich sollte besser nach Hause gehen.

»Willst du etwa oben ohne zum Minimarkt?«, rügte Nogga, aber Amir fand das in Ordnung. Als die Wohnungstür ins Schloss fiel, rief Nogga ihm hinterher: »Und vergiss nicht, mir die Zigaretten aus dem Wagen mitzubringen!«

Ich wollte ihr von meinen Eltern erzählen. Ich wollte ihr von Sigall erzählen. Ich wollte die kurze Zeit nutzen, solange Amir im Minimarkt war, um alles schnell loszuwerden und mir ein wenig Tadel und Trost abzuholen, aber ich sagte kein Wort.

»Was hast du denn gegessen, dass dein Magen heute verrückt spielt?«, erkundigte sich Nogga. Ich sagte, ich hätte keine Ahnung. Sie fragte, ob sie mir einen Tee machen solle, und ich schüttelte den Kopf: »Viel zu heiß.«

»Mir ist auch heiß«, stöhnte sie und zog ihr T-Shirt über dem Bauch lang, durch die Ärmelöffnung war ihr jungmädchenhafter kleiner Busen zu sehen. »Ich habe den Sommer gründlich satt«, fuhr sie fort, »und überhaupt dieses ganze Leben.« Selbst Amir habe sie manchmal satt, aber sie liebe ihn eben. Plötzlich hasste ich sie.

Amir kam mit den grünen Shorts, den Einladungen, den Zigaretten und den Einkäufen vom Minimarkt zurück. Er fragte, ob ich nicht doch Lust hätte, zum Essen zu bleiben, doch Nogga kam mir zuvor: »Sie hat eine Magenverstimmung.«

»Möchtest du einen Tee?«, fragte Amir, und wieder war es Nogga, die antwortete. Für Tee sei es viel zu heiß.

»Mir ist heiß. Mann, wie ich dieses Leben satthabe«, stöhnte sie erneut, und Amir beugte sich über sie, schob eine Hand durch ihren Ärmel hindurch und berührte sie am Busen. Ich stand auf und sagte, mein Magen würde mich plagen, es sei wohl das Beste für mich, nach Hause zu gehen und eine Runde zu schlafen. Daraufhin erklärten Amir und Nogga, sie würden sich auch noch einmal hinlegen und eine Runde dösen, bis das Schnitzelfleisch aufgetaut sei.

17

Am Autobahnkreuz nahm ich die Ausfahrt zum Industriegebiet. Ich fuhr an den Werkstätten vorbei, die ich nur einmal gesehen hatte und die mir dennoch irgendwie vertraut vorkamen. Zu meiner Linken begannen die Obsthaine, die ich vom Winter her kannte, vom ersten Morgen danach, dem ersten in einer ganzen Serie von Morgen, die selbst nach sechs Monaten noch immer dieselbe Beklemmung vom ersten Morgen danach auslösten.

Ich fuhr an dem graffitibeschmierten Betonflachbau vorbei, hinter dem wir an unserem ersten gemeinsamen Morgen im Wagen gevögelt hatten. Ich sah die Abbiegung nach rechts, bremste ab und bog ein, und dann kamen die Gärtnerei und das große orangefarbene Blechschild mit den stilisierten Vögeln und Pflanzen in Sicht. Ich war hergekommen, um Nathan zu sagen, dass ich das Wochenende nicht allein verbringen wollte.

Die Gärtnerei war wie ausgestorben. Der Inhaber – Nathan hatte ihn gelegentlich erwähnt – war wohl bereits nach Hause gegangen. Ich folgte dem Pfad, der zu einem Rundbau führte, einem mit Plastikplanen bespannten Holzgerüst; durch die Planen hindurch konnte ich Nathans Silhouette erkennen. Ich ging von hinten um das Gewächshaus herum, fand einen Schlitz in den Planen und schaute ins Innere.

Nathan beugte sich gerade über einen großen Tonkübel mit einem Zitronenbäumchen. Regungslos und vornübergebeugt stand er da und beobachtete eine

Raupe. Er nahm sie mit seinen klobigen Fingern heraus, darauf bedacht, sie nicht zu zerdrücken. Mich bemerkte er nicht. Er war ganz auf den Schädling konzentriert, den er aus dem Kübel geholt hatte. Nathan ging in die Hocke, seine blaue Arbeitshose rutschte ein Stück herab und gab den Blick frei auf den weichen Flaum oberhalb der Pospalte und an seinem Hintern. Ich liebte ihn so sehr in diesem Moment, dass ich mir nicht mehr sicher war, was ich als Nächstes tun sollte. Ich überlegte, ob es nicht doch ein Fehler gewesen war, hier aufzukreuzen und die Regeln zu brechen.

Durch den Schlitz in der Plastikplane sah ich, dass Nathan die Raupe mit dem Finger streichelte. Er legte sie sachte auf seinen Handrücken und richtete sich vorsichtig auf. Dann betrachtete er die Raupe im Licht der Sonnenstrahlen, die durch die Plastikplanen hereindrangen, hauchte sie an und legte seinen Kopf nach links und nach rechts, um sie von allen Seiten zu inspizieren. Ich überlegte, ob ich kehrtmachen und zu Hause warten sollte, bis er mich anrufen und fragen würde, ob ich vorbeikommen wolle. Ich würde ja sagen, ins Auto springen, vor dem Heimwerkerladen parken und fix die fünfundsiebzig Stufen erklimmen. Und dann würden wir vögeln. Aber ich wollte heute keinen Sex, ich wollte Streit.

Plötzlich drehte Nathan sich um und sah mich draußen stehen. Erschrocken schüttelte er die Raupe von seiner Hand. Sie plumpste auf die Erde. Nathan wischte seine Hände an der Hose ab, kam gelassen auf mich zu, duckte sich und schlüpfte durch den Schlitz in der Plane zu mir heraus.

»Was ist los? Wieso bist du hier?«

»Gibt es hier nirgendwo eine Sitzgelegenheit?«, fragte ich. Etwas Besseres fiel mir spontan nicht ein.

»Könnten wir uns irgendwo hinsetzen?«, wiederholte ich und fügte hinzu, ich müsse mich unbedingt setzen.

»Das Büro ist zu«, sagte er. »Ich habe keinen Schlüssel.«

»Dann setzen wir uns eben in meinen Wagen«, schlug ich vor.

»Nein«, erwiderte er, als sei mein Wagen eine Falle, und deutete auf die Erde. »Wir können uns hierhin setzen.«

Ich ließ mich vor ihm auf die Erde nieder und riss Gräser aus.

»Ich muss mit dir reden. Ich habe mir gedacht, ich hole dich ab, und dann gehen wir zu mir«, eröffnete ich ihm. »Wir könnten eine Kleinigkeit essen. Ich habe alles Mögliche im Kühlschrank. Ich habe Wassermelone.«

Er schwieg und starrte auf die Erde.

»Ich muss mit dir reden«, wiederholte ich wie ein Roboter.

»Worüber?«, fragte er.

Diesmal gab ich keine Antwort.

»Wir sollen also zu dir gehen?«, fragte er.

»Ja«, antwortete ich.

»Bist du sicher, dass du nicht zu mir willst?«

»Ich will, dass du zu mir kommst. Du bist noch nie bei mir gewesen.«

Er wägte den Vorschlag ab. Er wägte meinen Vorschlag ab, als handelte es sich um einen schicksalsschweren Schritt. Ich überlegte kurz, ob ich das Angebot zurücknehmen sollte. Wenn er mit zu mir kam, würde er sehen, wo ich lebte. Er würde das Wohnzimmer und das Schlafzimmer sehen, das Bett voller Bücher, die Zeitungen und die halbgelösten Kreuzworträtsel. Er würde all die kleinen Zeugnisse meiner Selbstbeschäftigungen sehen. Er würde sehen, was ich tat, um die Zeit totzuschlagen, er würde die Küche sehen, die Wassermelone im Kühlschrank, die ich noch nicht angeschnitten hatte und die ich wahrscheinlich irgendwann wegschmeißen würde, wie sie war: ganz. Er würde das Bad sehen, den Frotteebademantel, der an einem Haken an der Tür hing, all meine Kosmetika, die aufgereihten Flaschen und Fläschchen, und er würde meine Zahnbürste sehen – nicht die, die ich in der Handtasche stets bei mir trug, sondern die andere, die in einem Plastikbecher auf dem Waschbeckenrand stand.

»Ich will, dass du mit zu mir kommst«, wiederholte ich noch einmal. Nathans Gesichtszüge entspannten sich, und er sagte: »In Ordnung, ich schließe hier nur kurz ab, dann fahren wir.«

Ich wartete an meinen Wagen gelehnt und spielte mit meinen Schlüsseln. Ich ließ sie in der Hand springen und beobachtete Nathans Silhouette, die sich gemächlich hinter den milchigen Plastikplanen durch das Gewächshaus bewegte.

Schweigend fuhren wir zurück in die Stadt. Nathan starrte durch das Seitenfenster, ich konzentrierte mich aufs Autofahren. Ich sagte, er könne gern das Radio einschalten, wenn er Lust habe. Er tat es nicht. Er starrte einfach weiterhin schweigend nach draußen. Hin und wieder warf er einen Seitenblick auf mich. Er wirkte verschreckt. Ich fühlte mich wie eine Gefängniswärterin, die einen ausgebrochenen Gefangenen zurückbringt.

Ich fuhr zu meiner Wohnung, warf meine Handtasche auf den Fußboden und bot Nathan etwas zu trinken an. Ich schenkte uns beiden kaltes Wasser ein. Er nahm sein Glas und stand verlegen im Wohnzimmer. Dann musterte er eingehend mein Bücherregal. Ich stellte mich neben ihn und fragte, ob er etwas davon lesen wolle. Er fuhr mit seinem Daumen über die Bücherreihen und fragte, ob ich das alles gelesen hätte. Ich schüttelte den Kopf. Er zog ein Buch heraus, blätterte darin und erklärte, das habe er gelesen. Es sei gut. Ich sagte, ich hätte es auch gelesen. Auch mir habe es sehr gut gefallen.

Er setzte sich aufs Sofa und stellte das Glas auf den Fußboden. Ich fragte, ob er noch mehr Wasser wolle. Er lehnte ab.

»Ein Bier, vielleicht?«, fragte ich.

Nathan schüttelte den Kopf. Er sagte, die Wohnung sei ganz schön. Und auch ganz schön teuer, merkte ich an. Seine sei ein richtiges Schnäppchen, sagte er, leider stehe zu befürchten, dass man ihn eines Tages rausschmeißen würde. Das sei eine schlimme Vorstellung, sagte ich.

Nathan senkte abermals den Blick und schien die Steinplatten zu zählen. Er holte tief Luft und atmete durch die Nasenlöcher wieder aus. Ich fragte, ob er sicher sei, dass er nichts mehr trinken wolle, er lehnte abermals ab. Ich fragte: »Nathan, wie soll das mit uns weitergehen?«

Er schwieg.

»Ich kann so nicht weitermachen. Du?«

Da er nicht antwortete, fuhr ich fort: »Du hast zwei Freundinnen. Verstehst du das? Mich und Sigall. Wie immer du es betrachten willst – du hast zwei Freundinnen.«

»Das stimmt nicht«, sagte er.

»Was? Was stimmt nicht?«, fragte ich, und er wiederholte noch einmal leise, zum Fußboden: »Es stimmt nicht.«

»Du hast nicht zwei Freundinnen?«

»Ich hab's dir doch gesagt«, meinte er.

»Was? Was hast du mir gesagt?«

»Damals«, sagte er.

»Wann?«

»Damals, als du sie gesehen hast.«

»Was hast du mir damals gesagt?«

»Ich hab's dir gesagt«, wiederholte er.

»Was hast du mir gesagt? Dass sie deine Freundin ist und ich nicht? Hast du das gesagt?«

»Nein.«

»Was hast du dann gesagt?«

»Ich habe gesagt«, erklärte er bedächtig, »ich habe dir gesagt, dass es anders ist. Es ist nicht, wie du es sagst.«

»Dann sag's mir, sag mir, wie es ist.«

Meine Stimme schwoll an, und ihr gesellte sich meine linke Hand hinzu, die wie ein Tablett nach vorne schnellte, um die Antwort entgegenzunehmen.

Aber er schwieg. Ich stand mit ausgestreckter Hand vor ihm. Plötzlich kam ich mir nicht mehr vor wie jemand, der auf eine Antwort wartet, sondern wie eine Bettlerin.

»Hör mal«, sagte ich, »ich sehe die Sache so: Du hast zwei Affären. Eine mit mir und eine mit Sigall. Für mich ist es egal, dass du sie seit fünf Jahren kennst und mich erst seit sechs Monaten. Ich glaube nicht, dass das von Bedeutung ist. Es ist eine faule Ausrede. Und nur dass du's weißt: Ich hatte mehrmals vor, sie aufzuklären.«

»Keine Sorge«, beruhigte ich ihn, als ich sah, wie er seinen Blick kurz zu mir hob, dann aber gleich wieder den Fußboden anstarrte. »Du brauchst dir keine Sorgen zu machen, ich tu's nicht. Aber nur dass du's weißt: Manchmal fahre ich am Freitagnachmittag bei dir vorbei.«

»Was hast du da zu tun?«

»Ich fahre einfach vorbei, und manchmal sehe ich sie aus dem Bus steigen – mit den Blumen, die sie dir immer mitbringt. Ich wollte schon manches Mal aussteigen und sie abfangen, bevor sie zu dir raufgeht. Ich hatte oft große Lust, ihr zu sagen, dass es da etwas gibt, das sie wissen sollte. Dass ich nicht bloß eine Bekannte von dir bin, wie du mich damals vorgestellt hast. Oder vielleicht bin ich doch bloß eine Bekannte von dir? Bin ich in deinen Augen bloß eine Bekannte?«

»Nein«, murmelte er.

»Und noch größere Lust hatte ich, ihr zu sagen, dass ich deine Freundin bin.«

»Das stimmt nicht.«

»Was stimmt nicht, Nathan?«

Aber er schwieg.

»Warum weigerst du dich, mit mir zu reden?«, fragte ich. »Warum? Sag mir doch, was du empfindest!«

»Ich weiß es nicht«, sagte er.

»Was empfindest du für mich? Sag's mir.«

Aber Nathan holte nur abermals tief Luft und atmete durch die Nase wieder aus.

»Weil – ich nämlich, ich liebe dich. Das ist, was ich für dich empfinde. Wir können noch so sehr tun, als ob wir bloß vögeln würden und weiter nichts – so ist es nicht. Ich liebe dich.«

»Hör auf«, sagte er.

»Womit soll ich aufhören?«, fragte ich. »Was hast du dir denn in all diesen Monaten dabei gedacht? Dass ich nichts für dich empfinde? Hast du das wirklich gedacht?«

»Nein.« Er sagte es leise. Zum Fußboden. Zum Fußboden sagte er: »Nein. Das habe ich nicht gedacht.«

»Dann sag mir, was du gedacht hast. Dass das in alle Ewigkeit immer weitergeht? Dass es weitergeht, bis du dich endlich dazu bequemst, dich zu entscheiden? Es ist doch klar, dass du Sigall liebst. Es ist doch klar, dass ihr heiraten werdet.«

»Hör auf«, sagte er abermals.

»Und wenn es das ist, was eines Tages passieren soll – und meiner Ansicht nach ist es genau, was passieren wird, wenn nicht jetzt, dann in ein, zwei Jahren –, dann muss ich jetzt wissen, wo ich stehe. Wenn es stimmt, dann steht es mir zu, das zu erfahren. Und wenn es nicht stimmt, wenn Sigall auch nur ein Dauerfick von dir ist, dann würde ich auch das gerne wissen. Weil ich so nicht leben kann, weil ich mich mit jedem Tag, der vergeht, mehr in dich verliebe. Und dich gleichzeitig auch hasse. Und ich kann so nicht. Ich kann so nicht, weil ich am Ende mich hassen werde. Verstehst du das? Hast du irgendeine Vorstellung von dem, was ich empfinde?«

Er schüttelte den Kopf. Er schlang die Arme um seine Knie, igelte sich ein, schüttelte den Kopf und atmete immer wieder hörbar ein und aus.

»Nathan«, sagte ich. »Ich weiß, es ist ein fürchterliches Klischee, aber am Ende heißt es: sie oder ich. Entweder Sigall oder ich. Hörst du?«

Keine Reaktion. Ich ging zwei Bodenplatten auf das Sofa zu, von meinem neuen Standort aus konnte ich Nathan schon riechen.

»Entscheide dich«, forderte ich. »Jetzt!« Und dann: »Entscheide dich endlich!«

Ich bewegte mich noch einen Schritt weiter, bis uns nur noch zwei Bodenplatten trennten und mein Körper sich am liebsten auf Nathan stürzen und ihn anflehen wollte: »Bitte entscheide dich nicht!« Ein merkwürdiges Beben kroch mir den Rücken hoch und hielt zwischen den Schultern inne, dann landeten meine Hände auf den Hüften, und ich brüllte: »Entscheide dich!«

Nathan hatte einen gequälten Blick, als er endlich den Kopf hob; ich wusste nicht, wie viel Zeit inzwischen verstrichen war und wie oft ich noch geschrien hatte: »Entscheide dich!« Aber er hatte einen gequälten Blick, und das ließ mich hoffen. Er sah mich an, ohne ein

Wort zu sagen, sah mich an mit diesen gequälten blauen Augen, und je länger ich in sie hineinstarrte, desto mehr begriff ich, dass es sich hier mitnichten um Gequältheit handelte, sondern um Bestürzung, nichts als Bestürzung. Dann senkte Nathan wieder den Kopf und starrte auf den Fußboden, und ich vermeinte zu hören, dass er etwas murmelte.

»Ich kann mich nicht entscheiden«, sagte er undeutlich zum Fußboden.

»Du kannst dich nicht entscheiden?«, fragte ich. »Habe ich das eben richtig verstanden?«

Er nickte.

»Willst du darüber nachdenken? Willst du ein paar Tage darüber nachdenken und mit Sigall reden?«

Er schüttelte den Kopf.

»Was willst du dann? Willst du so weitermachen? Willst du weiter mit uns beiden zusammen sein?«

Er nickte wieder, bedächtig, zweifelnd. Meine Hände klebten an meinen Hüften, und ich machte noch einen Schritt auf das Sofa zu, bis meine Knie beinahe seine Knie berührten. Ich hätte mich locker neben ihn aufs Sofa setzen, meine Arme um ihn schlingen und ihm sagen können: »Komm, vergessen wir das Ganze«, aber stattdessen trat ich wieder einen Schritt zurück und erklärte: »Dann lass uns einen Schnitt machen.«

Er fuhr fort, bedächtig zu nicken, und ich blieb weiter mit den Händen auf den Hüften im Zimmer stehen und wiederholte: »Lass uns einen Schnitt machen.«

Nach einer Weile ging ich zur Toilette. Ich setzte mich auf die Kloschüssel, ohne die Hose herunterzulassen, und spürte, wie sich allmählich ein dicker Kloß von Tränen in meiner Brust sammelte. Ich saß auf der Kloschüssel, und als ich das Gefühl hatte, es sei genug Zeit verstrichen, drückte ich auf die Spülung und kehrte zurück ins Wohnzimmer. Nathan stand, an die Brüstung gelehnt, auf dem Balkon und schaute nach unten. Ich stellte mich neben ihn und streichelte ihm den Rücken. Ich berührte den Flaum oberhalb seiner Pospalte. Er war schweißnass.

Ich fragte, ob ich eine Wassermelone aufschneiden solle. Er nickte. Also ging ich in die Küche und holte die Wassermelone aus dem Kühlschrank. Ich halbierte sie, schnitt eine der Hälften in große Würfel, häufte diese auf einen Teller und steckte in die obersten beiden Würfel je eine Gabel. Ich probierte ein kleines Stückchen, das auf die Arbeitsplatte gekullert war. Diesmal hatte ich eine süße Wassermelone erwischt. Es war die süßeste Wassermelone, die ich je gegessen hatte.

Ich trat auf den Balkon und stellte den Teller zwischen uns auf die Brüstung. Wir aßen schweigend, den Blick auf die Straße gerichtet. Obwohl es die süßeste Wassermelone war, die ich im Leben je gegessen hatte, konnte ich sie nicht genießen. Der Kloß, der mir im Hals steckte und sich mit der Süße vermischte, verdarb mir den Geschmack ebenso wie das Wissen, dass dies das Ende war und wir uns nicht wiedersehen würden. Nathan aß mit Appetit. Er war erleichtert, dass er Wassermelone essen durfte und nicht zu reden brauchte. Er stach mit der Gabel in die großen Würfel und stopfte sich einen um den anderen in den Mund, und der Saft rann ihm übers

Kinn. Und dann fing er plötzlich an, mit mir über einen Baum zu reden, der mir nie aufgefallen war.

Er redete von der alten Palme mit den vertrockneten Dattelbüscheln, die im Vorgarten meines Hauses stand. Er deutete mit der Gabel auf den Baum und sagte, man müsse die Datteln herunterholen, weil sie den Baum belasteten und ihn erdrückten, und wenn man sie nicht herunterholte, würde der Baum eingehen.

Der Teller war inzwischen leergegessen, und ich fragte, ob ich noch mehr Wassermelone aufschneiden solle. Nathan lehnte ab, er habe schon zu viel gegessen, er denke, er werde jetzt gehen. Ich sagte: »In Ordnung«, und brachte ihn zur Tür. Nachdem er die Treppe hinuntergegangen war und ich die Hauseingangstür hatte ins Schloss fallen hören, ging ich in die Küche, verpackte die andere Hälfte der Wassermelone in eine Plastiktüte und legte sie in den Kühlschrank. Als ich wieder hinaus auf den Balkon trat, kamen plötzlich Hunderte schwarzer Vögel angeflogen, landeten auf dem Baum und vertilgten binnen weniger Minuten die Datteln. Ich fand es schade, dass Nathan das nicht miterlebt hatte, und da wurde mir erneut bewusst, dass ich ihn nicht wiedersehen würde.

Ich ging hinein, schloss die Balkontür, die Fenster und die Rollläden und warf mich bäuchlings aufs Sofa. Der Tränenkloß löste sich, und es war eine ungeheure Erleichterung. Ich schluchzte lauthals und hemmungslos, und auf meiner Zunge lag eine Mischung aus Salz und Zucker.

Das Telefon klingelte, aber ich nahm nicht ab. Einen

kurzen Moment lang hoffte ich, dass es Nathan war, der von einer Telefonzelle in der Nähe anrief, um mir zu sagen, er habe sich entschieden. Ich ließ den Anrufbeantworter anspringen und stützte mich auf meine Ellbogen, um zu hören, ob es tatsächlich Nathan war, der mir sagen wollte, er habe sich entschieden und sei auf dem Weg zu mir.

Ich zählte vier Klingeltöne und wartete auf das Klacken, die Pause und den Piep, und eine Sekunde lang war ich von Vorfreude erfüllt und zog die Nase hoch. Nach dem langen Piep hörte ich die Stimme meiner Mutter: »Maja? Mama hier. Papa und ich möchten dich für Samstag zum Mittagessen einladen, wenn du nicht schon was vorhast.« Pause. Sie zündete eine Zigarette an und blies den Rauch in den Hörer, dann brach sie in Lachen aus:

»Übrigens: Dein Vater lernt kochen!«